TO

手芸女

野坂律子

TO文庫

目次

都立水之江高校・手芸部
大塚芽衣《おおつかめい》
一年。寡黙で男が苦手。
上条理子《かみじょうりこ》
一年。遅刻常習犯。
副部長
長島《ながしま》チカ
三年。熱い姉御肌。
根本聡子《ねもとさとこ》
二年。おしゃべり。
川添《かわぞえ》まりな
一年。夢は読者モデル。
町田塔子《まちだとうこ》
三年。超まじめ。
部長
大山健太郎《おおやまけんたろう》
代理顧問。通称「ボスゴリ」。

手芸女《しゅげじょ》

1章　ランニングステッチ　まずは走り出せ！

飯の食えない選手は勝負にならん！　生徒たちと全力で向き合うために、全力で飯を食わねば！

朝からの不安を振り払うかのように、大山健太郎《おおやまけんたろう》は自分を鼓舞すると、向かってくる敵と対峙する気持ちで、昼食のミックスフライ弁当をかきこんだ。そのままの勢いで、おやつのあんぱん二個もさらに胃に流し込む。

よしっ！　全力で食いきった！

あっという間にたいらげると、ほのかな達成感と満腹感が全身を駆け巡る。

「う――ん」

イスに座ったまま思いっきり伸びをすると、二メートル近い長身の健太郎は、職員室にキングコングがいるかのように目立った。向こうの島でスマホをいじっていた教員がびっくりしたような顔でこっちを見ている。

壁の丸時計を見てみると、五時間目の十分前だ。次は一年生のクラスでバスケットボールの授業がある。

先に体育館に行って、準備運動でも始めとくか――。そう思った健太郎が席を立つと、

「大山先生、ちょっと」

学年主任の横田が、苦虫をかみつぶしたような顔で近づいてきた。口をへの字に曲げた中年男の横田は、素の顔も不機嫌そうだが、今日はさらに調子が悪いのか、黒メガネの真ん中に深いしわが刻まれている。

「何でしょうか?」

「いま、三河先生のご主人から連絡があったんですけどね……三河先生、入院したらしいんです」

「ええ――っ!!」

健太郎の叫び声が響き、二十人近い教員たちが一斉にこっちを見る。

「大山先生、声、大きすぎ……」

「それでっ、三河先生はどうなったんですか!」

横田の両肩を掴んで問いただすと、その首がバネのように激しく前後に揺れた。

「お、落ち着きなさい!」

横田は慌てて後ろにさがり、乱れたバーコード頭とずれたメガネを整える。

そんなこと言われたって、落ち着けるわけがない。今日は朝からずっとそのことで心

配していたのだ。

　今年の春、四年制大学を卒業し体育科教員になった健太郎は、この都立水之江高校に赴任してきた。そして三河良美《みかわよしみ》は健太郎の指導教員だった。この三ヶ月間、健太郎は三河の世話になりっぱなしだったのだ。教員としての心構えに始まり、社会人としての挨拶や礼儀作法、生徒への接し方、授業の組み立て方、口うるさい保護者への対応などなど、何から何まで三河から教わっていた。ここ数日、三河の顔色が悪いなと気になっていたところ、今日は体調不良で休むとの連絡を受けて、健太郎は朝からずっと心配していたのだ。

「胃が痛くて病院に行ったら、即入院になったみたいでね。詳しい検査は今、やってるみたいなんだけど」

「自分、これから病院に行ってきます！」

「ま、待ちなさい！」

　出口に向かって駆け出そうとする健太郎のジャージの裾を、横田が掴む。

「大山先生！　あとさき考えずに行動してしまう。そういうところがあなたのいけないところなんですよ」

「し、しかし……」

「だいたいどこの病院かも聞いてないでしょう」

「そうでした！　どこなんですかっ」

「大山先生」横田はいさめるように声を落とした。「まだ授業があるでしょう。ちゃんと教師としての務めを果たしてから行動すべきじゃないですか？　三河先生ならそうおっしゃるでしょう」

「はい……」

三河の名前を出されると、辛い。

健太郎は子供のようにシュンと肩を落とした。体育大学出身の健太郎は、どうしても考えるより先に体が動いてしまう。三河からも何度も注意されていた。

そのとき、昼休みの終わりを告げるチャイムが響いた。

「三河先生が入院しているのは小岩駅の近くにある平岩病院です。授業が終わったら行ってあげなさい」

横田がものわかりのいい父親のような優しい顔になり、健太郎の肩にポンと手を置いた。

「あざっす！」

健太郎が頭を下げると、「だから声が大きいよ……」と苦笑された。

都立水之江高校は東京二十三区の一番東端の江戸川区にあり、その中でも最東端の江戸川沿いに位置している。校舎の屋上からは、江戸川を挟んで向かいの千葉県市川市が臨め、東京都ではあるが、ほぼ千葉県と言っていいような、高層ビルもオシャレな商業施設も何もない、のんびりとした住宅街の中にあった。

六時間目の授業を終えた健太郎は、ジャージ姿のまま昇降口を飛び出した。校門の前にあるバス停まで走ると、時刻表を確認し、自分の腕時計と見比べる。

今が三時四十一分だから……次のバスは……よっ四時十分⁉

どうやら小岩駅方面に向かうバスは、ついさっき行ってしまったようだ。

そんな時間まで待てん‼

健太郎はスポーツバッグを斜め掛けにすると、踵《きびす》を返して江戸川の河川敷に向かった。水之江高校から小岩駅までは直線距離にすると四キロ近くある。大学でラグビー部に所属していた健太郎は、スタミナとスピードには自信があったので、江戸川沿いを走って北上することにしたのだ。

江戸川の河川敷に駆け上がると、すぐ後ろにある住宅街とは別世界の広大な景色が開けた。野球場やサッカー場がいくつも並ぶ広い河川敷は、空も水面も夕焼け色に染まり始めている。川に沿ってはるか向こうまで伸びている遊歩道には、初夏の暑さが一段落した時間をねらって、犬の散歩をする老人や、ランニングをしている女性がちらほらと見られた。

「うおおおお――――っ！」

そんな牧歌的な人たちの間を、健太郎は全速力で駆け抜けて行った。一分でも一秒でも早く、三河のところへ行きたかった。

「み、み、みがわ……せ、せんせ……」

病院に到着した健太郎は、『三河良美』と書かれたプレートの病室に飛び込むと、中にあった四つのベッドを見渡した。小岩駅近くの病院まで全力疾走したあと、勢いついでに三河の病室がある八階まで階段を駆け上がったので、息が尋常じゃないくらいに上がっている。額からは滝のように汗が流れ、水を頭からかぶったようなずぶ濡れ状態になった。その海坊主のような異様な姿に、入り口近くのベッドに寝ていた年配の女性が

「ヒイッ」と小さく悲鳴を上げる。

「大山先生！」

窓際右手側のベッドで点滴を受けていた三河が、びっくりした顔でこっちを見ていた。三河はふだんから化粧が薄いが、今はスッピンで、いつも束ねている髪を下ろしているせいか、三十過ぎには見えないくらい幼く見えた。

「み、み、みがわ……せ、せんせ……だ、だいじょ……」

〝三河先生、大丈夫なんですかっ⁉〟そう聞きたいのだが、蒸気機関車のような息がま

だまだ整わない。

　そんな健太郎を見て、三河はクスリと笑い、

「わざわざ来なくても良かったのに〜」

と、眉毛をハの字に下げ、いつもの人の好さそうな笑顔を見せた。

「大丈夫？　キミ」

　三河のそばにいた背の高い痩《や》せた男がタオルを差し出してくれる。

「あ、ありがとう……ご、ざ……い、ま、す」

「これ、うちのダンナ」

「初めまして、三河武志です」

「あ、どうも……じ、自分……大山健太郎っす」

　健太郎を見ながら微笑む武志は、三河と同じような人の好さそうな顔をしていた。たしか三河とは大学時代の同級生で、今は小学校の教員をしていると聞いたことがあった。

　ベッドに横たわっていた三河が体を起こそうとするので、「そのままでっ！」と健太郎は慌てて止めた。

「ごめんね、大山先生、びっくりしたでしょ？」

「そ、それで、体調はどうなんですか？」

「うん、どうやら胃潰瘍みたいなの。しばらく検査のために入院しなきゃいけなくなっ

ちゃった」

「胃潰瘍……」

健太郎はズキリと胸が痛んだ。胃潰瘍と言えば、ストレスが原因でなることが多いとテレビでやっていたことがある。ストレス……きっと、その原因を作ったのは自分だ――。

健太郎には思い当たる節がありすぎた。

学生時代はラグビーに打ち込み、体育大学を出て、体育科の教員になった健太郎は、自他ともに認める体育会系体質である。張り切ると、つい無駄に体を張ってしまう癖があり、そのせいで、様々な失敗をやらかしていた。

赴任した初日、全校集会で壇上に上がって挨拶したときは、慣れないスーツを着て「よろしくお願いしゃあす！」と頭を下げたとたん、背広のボタンを三つも飛ばして、生徒たちに大爆笑されてしまった。

通された職員室で教員たちと自己紹介し合って席に着くと、体重を乗せすぎて、イスの脚を折ってしまった。初めての体育の授業のときは、張り切って職員室のドア枠を使って懸垂していたら、上枠を壁から外してしまい、「どんな素行不良な生徒でも、こんなに学校を壊した人はいませんよ……」と教頭に呆れられた。

体育の授業を始めると、最近の高校生の体力のなさに驚いた。しかもすぐに「具合が悪い」と言っては授業を休んで、スマホをいじり始める。「このまま甘やかしては将来のためにならん！」。そう思った健太郎は、寝不足気味の生徒を無理矢理ランニングに参加させ、貧血を起こさせてしまったことがあった。その生徒の親が週一のペースで学校に文句を言ってくるモンスターペアレントだったので、新任の健太郎では太刀打ちできず、三河が仲裁に入ることになってしまったのだ。

そんな自分の失態が、次から次へと思い浮かび、健太郎は消えてしまいたくなるくらいの自責の念で押しつぶされそうになる。

俺のせいで……俺のせいで三河先生が――！　うあああああっ!!

健太郎は叫びながら、壁に頭を打ちつけたくなる衝動に駆られた。

「大山先生、もしかして自分のせいだとか思ってる？」

そんな健太郎の心の内は手に取るようにわかるようで、三河が健太郎の顔を覗き込みながら聞いてくる。

「だって、自分、三河先生に迷惑かけてばかりだったから……」

健太郎が背中を丸め、暗い顔をすると、三河は「アハハ」と笑い、右手をヒラヒラさせる。

「大山先生が関係あるわけないじゃない。胃潰瘍は教師の職業病みたいなもんだよ」

「で、でも……」

「それに私、もともと胃が弱かったの。本当はもっと気をつけなくちゃいけなかったのに、自己管理ができてなかったから。ごめんね、私のせいで大山先生にまで心配かけちゃって」

三河から「ごめんね」のフレーズを聞くと、健太郎はやるせない気持ちになる。「ごめんね」は、三河の口癖だった。自分が全然悪くないときでも、三河はいつも「ごめんね」と、まずは謝るのだ。健太郎が失態をやらかしたときも「ごめんね、ちゃんと教えてなくて」「ごめんね、ちゃんと見ててあげなくて」と、まずは自分の不手際を謝ってくれるのだ。

きっと「ごめんね」は、三河が相手に罪悪感を持たせないようにするための優しさなのだろう。

三河良美は本当に、優しい。健太郎が二十三年間の人生で出会った人の中でも、最上級に優しい人だ。三河について三ヶ月が経つが、怒ったところを見たことがなかった。それどころか笑っていない顔をほとんど見たことがない。きっと素の顔が笑っているように見えるのかもしれないが、それでもすごいことだと思う。

そんな優しい三河なので、生徒たちからは人気があった。三河は生徒たちに声を荒らげたことはなかったが、でも、ただ優しいというだけで人気があるわけではなかった。

とにかく生徒一人一人に対して、〝真摯《しんし》〟に向き合っているからだ。

学校をサボってゲームセンターで遊んでいた生徒が補導されたときは、「どうして学校に来たくなかったのか」「なぜ先生たちは学校に来てほしいと思うのか」ということを、その生徒と半日かけて真剣に話し合っていた。

一人ぼっちで昼食を食べている女生徒がいたら、そういう子たち何人かに声をかけて、一緒に屋上でご飯を食べてあげていた。

生徒たちは、「この先生は自分のことを真剣に思ってくれている」ということがわかるから、怒らない三河に対して舐めた態度を取ることもなく、みんな、三河の言うことをよく聞いているのだ。

そんな三河を身近で見ていた健太郎も、もちろんとても尊敬していたし、目指すべきあこがれの先生だった。

「授業は他の先生が受け持ってくれるみたいなんだけど……期末が近づいて大変な時期なのに申し訳ないなぁ」

そう呟くと、トレードマークの笑顔が消え、三河はすまなそうな顔になった。三河は国語の教員で、一年C組の担任だった。副担任は健太郎だ。

「国語の授業はできませんが、一年C組は自分がしっかり面倒見ますからっ、どうか安心してくださいっ！」

そんな三河の不安を払しょくしてあげようと、健太郎は必死でフォローする。

「期末テストには保健体育も入ってるから、本当は大山先生にもテスト作成の指導をしてあげないといけなかったのに、ごめんね。すぐ他の先生にお願いするから」

「テストの作成くらい、自分一人で全然できますからっ！　大丈夫ですっ！」

「ほんとごめんね」

「気にしないでください！」

「だって……」

「だからっ気にしないでくださいっ！」

「まるで夫婦漫才だな……」

二人のやり取りを聞いていた武志がクスクスと笑った。

「あ、それと……」

三河が何か思い出したように声を上げた。

「どうしたんですか？　まだ他に心配なことがあるんですか？」

「うん……」

「言ってください！」

「えーっとね、大山先生に、お願いしたいことがあるんだけど」

「何ですか？」

「あ、でもちょっと大変かな～」

「大丈夫です！　自分、何でもやりますからっ！　頼りないですけど、全力でフォローしますから、何でも言ってください!!」

「そお？　じゃあ……手芸部の顧問、お願いできるかな」

手芸部!?　一瞬、頭の中で、何か違和感を覚えたが、

「ウッス！　任せてください！」

健太郎は、ドン！　と胸を叩いた。

その迫力に、周りの入院患者たちがびっくりしたようにこっちを見る。廊下からは看護師数人が訝しげに顔を覗かせていた。

「声大きい……」

そんな健太郎を見て、三河がまたいつもの優しい笑顔に戻った。


「手芸部か……」

三河先生が手芸部の顧問をしていたとは――。勢いで承諾してしまったが、健太郎は高校に手芸部があることすら知らなかった。

赴任したときにもらった『水之江高校概要』の資料によると、手芸部の活動は平日で、土日は休み。活動場所は被服室とあった。

放課後、さっそく健太郎は被服室に行ってみることにした。

水之江高校の校舎は四階建てで、中央にある体育館を囲んで、ぐるりとコの字型に校

舎が建てられている。コの字の縦棒が中央棟で、そこに昇降口があり、向かって右側が東棟で、左側が西棟だ。職員室は西棟一階の一番端にあり、被服室は中央棟の二階にあった。

ファイオーファイオーファイオー！　ヘイヘイーオーライオーライ！　イッチニイサンシッ、ニーニーサンシッ！

西棟の廊下を歩いていると、運動部の生徒たちの様々なかけ声がステレオで響く。左手の窓からは体育館の白い壁が見え、右手の教室を挟んだ向こう側にはグラウンドがあった。江戸川区はまだまだ土地が余っているので、水之江高校のグラウンドは野球部とサッカー部と陸上部がまとめて練習できるくらい広かった。バリバリの体育会系男である健太郎は、若者のそんな声を聞くだけで自分もうきうきしてくる。

「こんにちは！」

そんな声に押されて意気揚々と被服室に到着すると、健太郎はその扉を開けて元気に挨拶した。後ろの扉を開けてしまったようで、ブラウスやスカートを着けたマネキンの陳列が目に飛び込んできた。被服室は理科室と同じような作りになっていて、室内には六人が座れる大きな白いテーブルが、前から三台ずつ、計九台並んでいた。窓際の壁にミシンが置いてあり、後ろには教材が展示してある。そして一番前の中央のテーブルに、三人の女生徒が座っていた。

三人はいっせいにこっちを見て、キョトンとしている。

「あ、どうも」

健太郎がペコリと頭を下げると、窓側に座っていた女生徒が小首をかしげたあと、アッと気づいた顔をした。

「大山先生ですね。三河先生から伺っています。私が手芸部部長の町田塔子《まちだとうこ》です」

そう自己紹介した女生徒は立ち上がると、両手を前に揃え、深々と頭を下げた。

塔子はいかにもまじめな部長という感じだった。銀縁メガネをかけていて、背中まで伸びた黒髪を後ろで束ね、スカート丈は今どきの女子高生には珍しく膝まであり、白いハイソックスに汚れ一つない真っ白な上履きと、学校の風紀冊子の見本になりそうな着こなしだ。どうやら三河があれから塔子に連絡していたらしく、健太郎が顧問代理を務めることを知っていた。

すると部長に続けとばかりに、塔子の向かいに座っていたちょっと太めの女生徒と、その隣の小柄な女生徒が同時に立ち上がった。

「二年の根本聡子《ねもとさとこ》でーす」

「……一年……大塚芽衣《おおつかめい》……」

こっちを向いて元気な笑顔を見せる聡子とは対照的に、芽衣はうつむいたままで蚊の鳴くような声だ。

「あ、邪魔して悪い。みんな座って続けてください」

健太郎は三人を座らせると、自分も同じテーブルの丸イスに腰掛けた。三人はそれぞれテーブルの上に道具を広げて、作業をしていた。塔子は刺繍《ししゅう》をしていて、聡子ははさみでフェルト生地を切っていて、芽衣はストライプの布を縫い合わせていた。

「みんな、毎日こうやって、活動してるのか」

「はい。今は文化祭で売る小物を作っているんです」

塔子が顔を上げてニコッと笑う。

健太郎はさっき目を通した手芸部の活動記録を思い出した。手芸部は、都の展示会へ作品を出品したり、文化祭では作品を展示する傍ら、自分たちでデザインしたストラップやポーチやバッグなどの雑貨を販売しているらしい。

三人の前にはそれぞれ、工具入れのような取っ手のついた箱が置いてあった。どうやらそれは裁縫箱のようだ。持ち手に花柄の布カバーをつけたり、猫の顔のストラップをつけたりと、味気のない工具箱に思い思いの装飾をほどこしている。よく見ると、裁《た》ちばさみの持ち手にも、毛糸のカバーをつけ、その端に小さなポンポンをつけていた。きっと彼女たちの持ち物はすべて手作りなのだろう。布カバンやポーチやスマホカバーなどに、花や動物をあしらったかわいらしい柄がある。

女の子なんだなぁ。

そんなかわいらしい小物たちを見ているだけで、健太郎はほっこりした気持ちになる。みんな手芸が大好きで、身の周りのものを何でも作ってしまうのだろう。

「みんな器用だな。町田は何を作ってるんだ？」

「コースターです。それにお花の刺繍を入れているんです」

塔子は直径十センチくらいの小さな丸い木の枠の中に、アイボリー色の布を張り、赤い花の刺繍を入れていた。塔子がすばやく布に針を通していくと、あっという間に綺麗な花弁が現れる。健太郎がその針さばきを感心して見ていると、聡子が「塔子先輩は刺繍がプロ級に上手いんだよ」と自慢げに胸を張る。

「根本は何を作ってるんだ？」

「あたし？　あたしは猫ちゃんのストラップだよーん」

聡子は猫の顔の形に切り取ったフェルトの布を広げ、「かわいいっしょ」と首をかしげて笑う。塔子は敬語を使っているが、どうやら聡子はタメロのようだ。教師によっては言葉遣いにうるさい人もいるが、健太郎は新任教師だし、生徒たちが親近感を持って話してくれるのだと思い、そこは厳しくしないことにしている。

「先生は高校のとき、何部だったの？」

「俺か？　俺はラグビー部だ」

「ラグビー!?　アハハハ、ウケル！」と聡子がお団子頭を揺らしながら手を叩いて笑った。

「何がおかしいんだ？」

「だっていかにもって感じだもん。そのぶっとい首とか、無駄に盛り上がってる肩の筋肉とか」

たしかに健太郎は「いかにもラグビーをしてそうな体型だ」とよく言われる。他に言われるのは、プロレスラーか、自衛隊員か、ヤクザの用心棒だ。健太郎の髪は天然パーマで、ちょっと伸ばすとパンチパーマになってしまうので、いつも坊主頭が少し伸びたくらいの短髪にしている。長身、短髪、マッチョな体型なので、どうしても体を動かす職業に見られてしまうのだ。まあ体育教師なので、あながち間違いではないのだが。

「やっぱさ、ラグビーって『魔法の水』とか言ってやかんの水ぶっかけられたりすんの？『今からお前たちを殴る！』とか言って監督に殴られたりすんの？」

「聡子ちゃん、ドラマの見過ぎ……」

塔子が口に手を当て、クスクスと笑う。どうやら聡子がこのグループのムードメーカーのようだ。

しかし……。

健太郎はテーブルの向かいで、背中を丸めて座っている芽衣のほうを見る。塔子と聡子はしゃべってくれるが、芽衣だけはさっきからうつむいて、自己紹介以降は一言も言葉を発していない。そういえばボブカットに隠れて、まだ顔をちゃんと見ていない気がした。
「大塚は何を作ってるんだ？」
健太郎が声をかけると、芽衣はビクリと体を震わせたあと、「……」と、何も答えず、
再び針を動かした。
「……？」
不思議に思って見ていると、髪の間から見える耳がどんどん赤くなっていく。
「どうしたんだ？　大塚、具合が悪いのか？」
心配して顔を近づけると、ヘビに睨《にら》まれたカエルのように、芽衣はますます身を固く
した。
「先生が芽衣ちゃんの具合を悪くさせているんです」と塔子が助け舟を出す。「あんまり
芽衣ちゃんに話しかけないでください」
「そうそう、芽衣ちゃん男の人、超ニガテだから。とくに大山先生みたいなボスゴリタ
イプは一番ダメだから」
聡子も苦笑しながら教えてくれた。
ボスゴリ――。全校集会の挨拶で背広のボタンを飛ばしてから、健太郎は生徒たちか
らボスゴリラ、略してボスゴリと呼ばれていると噂では聞いていたが、生徒の口から聞く

のは初めてだった。愛称で呼ばれるのは親しみがあっていい気もするが、このネーミングは喜んでいいのか微妙なところだ。

「……そうか悪かった」

芽衣は自分が話題になったことでますます緊張したようで、手の先まで赤くなっていた。針を持つ手が小刻みに震えている。

健太郎は前のめりだった上体を引っ込め、少し距離を取った。図体がでかくていかつい健太郎は、悪気はないのだが、こうやって女の子を怖がらせてしまうことがままある。この前も、廊下の角を曲がって女生徒と鉢合わせになっただけで、悲鳴をあげられたことがあった。

「ま、とりあえず、三河先生が戻られるまで、俺がしっかり代理を務めるから、よろしくな」

「はぁ〜い」

聡子がひょうきんな声を出すと、芽衣もペコリと頷いた。

「三河先生が戻ってくるまで、三人で頑張りますので、どうぞよろしくお願いします」

塔子は両手を膝の上に置いて、深々と頭を下げた。

「手芸好きの女の子って、やっぱりかわいらしい子たちばかりだなぁ」

彼女たちとひとしきりの会話を終え、それなりの感触を掴んだ健太郎は、意気揚々と職員室に戻った。

今どきまだあんな女子高生がいるんだなぁ。陽だまりの中で、健気に針を動かす手芸部の三人は、まるで古い日本映画に出てくるような、清く美しく儚《はかな》げな女子高生のようだった。

手芸部は健太郎が今まで関わってきた部活の世界とはまったく違っていた。

中学から大学までラグビー部に所属していた健太郎は、汗と涙とほこりの世界で生きてきた。仲間たちは粗野で乱暴で、血気盛んだった。どの時代の部室も、掃除も整理整頓も行き届いてなく、グチャグチャに汚くて、隅にはグラビアアイドルの写真集が山積みになっていた。

荒くれ男たちとしかつき合ったことのなかった健太郎にとって、手芸部は異国というよりは別の星にあるような、遠い次元の存在に思えた。部長の塔子はしっかりしているし、聡子も芽衣もまじめでいい子そうだ。間違っても酒を飲んで暴れたり、ケンカしてロッカーを壊したりするような問題は起こさないだろう。

これなら余裕で顧問をやっていけそうだ。安堵した健太郎は、ニンマリと笑みがこぼれた。

「あれ？」

自席のパソコンから職員共用サーバーにアクセスして、手芸部の部員名簿を確認していた健太郎は、思わず身を乗り出した。

手芸部には総勢六名の女生徒の名前が載っていたのだ。

塔子たちの他に、「三年A組　長島《ながしま》チカ」「二年D組　上条理子《かみじょうりこ》」「一年E組　川添《かわぞえ》まりな」の名前があった。

どういうことだろうか？

この三人はさっきいなかったぞ。たまたま今日はいなかったのだろうか？　それとも幽霊部員なのだろうか？

「三人で頑張りますので、どうぞよろしくお願いします」

さっきの塔子の言葉を思い出す。「三人で頑張ります」なんて、変ではないだろうか？　それは、まるで手芸部が、ずっと三人で活動しているかのような会話だ。そういえば今日の話の中で、この三人についてはいっさい出てこなかった。

「――？」

健太郎は首をひねった。壁の丸時計を見ると午後七時を過ぎていた。もう下校時刻は過ぎていて、手芸部のみんなは帰宅していた。

「他の三人はどうしたんだ？」

翌日の放課後、健太郎はすぐに塔子たちに聞いてみた。今日も被服室にいたのは、塔子・聡子・芽衣の三人だけだった。

するとに昨日と同じように明るく元気におしゃべりしていた塔子と聡子が、ピタリと会話を止める。もともと黙っていた芽衣も、さらに顔をうつむかせて身を固くした。

「部員名簿には、三年の長島チカ、一年の上条理子、川添まりなの名前も載っていたんだが、この三人は部活に来てないのか？」

「さぁ……」

「さぁ？」

塔子の曖昧な返答に、健太郎は目をぱちくりさせる。

「この三人は部活に参加しないのか？　名前だけの幽霊部員なのか？」

「そういうわけではないんですけど……」

どうも歯切れが悪い。

「三年の長島チカは手芸部の副部長だろ？　副部長が部活に参加してないのか？」

「はあ……」

塔子は口ごもり、明らかに言いたくなさそうに目をそらす。昨日はあんなによくしゃべってみんなを笑わせていた聡子も一言も発せず、作業に集中しているふりをする。三人の異様な雰囲気に、室内の空気がピンと張りつめた。

「……」

健太郎は詳しく聞いてみたい気がしたが、見えない規制線が彼女たちとの間に張られていた。「これ以上この話に触れるなっ！」と、明らかに彼女たちはそんなオーラを放っている。ニブイとよく言われる健太郎でも、さすがにその気配を察した。

いったい何があるんだろう――？

長島チカ、上条理子、川添まりなとも体育の授業を受け持っていなかったので、面識がなかった。

まずは三人に会ってみることだ。

そう思った健太郎は、翌日、六時間目の授業が終わると、さっそく副部長の長島チカがいる三年A組の教室に向かった。

三年生になると、将来の進路に合わせてクラス分けがされていた。文系クラスと理系クラスに分かれ、さらに文系クラスは、受験クラスと、専門学校・就職クラスに分かれていた。理系クラスに進むのは成績優秀な生徒たちが多いので、こちらは無条件に受験クラスになっていた。

三年A組は「文系の専門学校・就職クラス」なので、三年生の中でもどこか呑気だった。ちょうど掃除の時間だったが、モップをマイクスタンドにして歌手のモノマネをしていたり、雑巾でキャッチボールしていたりする生徒たちがいる。

「長島チカって生徒はいるか？」

健太郎が教室の入り口に立ち、声をかけると、「長島？」と生徒たちが辺りを見渡した。どうやらこの中にはいないようだ。

「チカなら美術室じゃない？」

すると、扉の近くで集まっておしゃべりしていた女生徒の一人が、ひょいと顔をこちらに向けた。

「美術室？」

「チカは授業が終わると、いつもソッコーで美術室に行くんです」

「そうか。ありがとう」

なぜ手芸部の長島チカが美術室に行っているのか？　美術部も兼任しているのか？　よくわからないが、健太郎は美術室に行ってみることにした。美術室は被服室の真上にあたる、中央棟の三階にあった。

扉を開けると、教室の中央で数人の生徒たちがイーゼルに向かって、油絵を描いていた。窓際では石膏像を見ながらスケッチしている生徒たちもいる。

「長島チカはいるか？」

健太郎が聞くと、「あたしだよ」と、イーゼルの向こうから声が聞こえた。教室の隅に、二人の女の子が立っていて、そのうちのショートカットの女生徒が手を上げている。

「君が長島チカか」

「そうだよ、何か用？」

健太郎が近づくと、長島チカは大きな目を吊り上げ、警戒心むき出しの顔でこっちを見た。

「俺は大山健太郎だ」

「知ってる。一年の体育教えてるボスゴリだろ。何か用？」

「俺は三河先生の代理で手芸部の顧問になったんだ」

「はぁっ？」

「マジッ!?　マジッ!?」

チカは隣の茶髪をツインテールにしている女生徒と顔を見合わせると、プーッと吹き出し、お腹を抱えてゲラゲラと笑い出した。

「ボスゴリが手芸！　アハハハハ」

俺が手芸部の顧問をやることがそんなに面白いのか？　健太郎が女子高生の笑いのツボに戸惑っていると、

「ちーっす！」

背後で元気な声が聞こえ振り返ると、背の高い女生徒が立っていた。セミロングの黒髪の女生徒は、大男の健太郎ほど長身ではないが、百七十はゆうにありそうだった。一見、地味なように見えるが、耳の上を刈り上げにしていたり、眉毛を細くカットしていたりと、全身で〝普通じゃない〟雰囲気を醸し出している。

「理子、おせーよ」

「すみませんっす。バス、一本乗り遅れちゃって」

「えー理子ちゃん、今日も授業出なかったの？　大丈夫？」

「へーき、へーき。ところでなんでボスゴリがこんなところにいんすか？」

「それがよー三河先生の代理で手芸部の顧問やるんだってよ！」

「はぁ～～？」

また三人でゲラゲラと笑い出した。どうやら遅れてきた背の高い女生徒が上条理子、ツインテールの女生徒が川添まりなのようだ。

三人は塔子たちのような手芸部員のイメージとはだいぶ違っていた。制服のリボンは着崩しているし、スカートは膝上三十センチ近いミニだし、チカとまりなは眉を描き唇にグロスを塗り、三人とも爪にマニキュアをしていた。理子は耳にピアスまでしている。

水之江高校の偏差値は、平均をちょっと下回るくらいで、いわゆる、あまり勉強が得意ではない、あわよくば勉強以外の特技を伸ばしたいと思う生徒たちが集まってくる。

一応、校則では「染髪、パーマは禁止」「化粧、口紅、つけまつげ禁止」とあるが、そこは「別に進学校じゃあるまいし、生徒が元気に卒業してくれればいいんじゃないの?」という感じのゆるい都立高校なので、校則違反者でも、なんとなく教師の間では見逃されていた。

「君たちは手芸部なのにどうしてこんなところにいるんだ？」

健太郎は聞いてみた。するとチカの顔から笑みが消え、「三河先生から聞いてねーの？」とふてくされた顔になる。

「あたしらは手芸部つっても、全然違げーから」

「違う？　違うってどういうことだ？」

「まりなたちは洋裁系なの」まりなが小首をかしげてにっこり笑う。

「ようさいけい？」

「服を作ってんです」理子が頭をポリポリ掻《か》きながら言う。

「これ見て、超かわいいでしょ？　チカさんがデザインしたんだよ〜」

まりなは机に置いてあるスケッチブックを健太郎の目の前に広げた。そこにはワンピースを着て、ポーズをとっている女の子の絵が描かれていた。後ろ姿の絵も描いてあり、肩や袖やスカート部分に細かく指示が書きこまれている。いわゆるデザイン画というやつだ。

「あたしらは手芸部つっても小物なんかをちまちま作るんじゃなくて、自分たちでデザインした服を作ってんの」

「それで、文化祭でファッションショーをするんです」

「すごいでしょ？」

「そ、そうか」

どうやら同じ手芸部と言っても、活動内容が全然違うというわけだ。

「でもなんで美術室で活動してるんだ？　一緒に被服室で活動すればいいじゃないか」

「それは……」「ねぇ……」

理子とまりなが気まずそうに目を合わせ、チカのほうを見る。

「塔子に追い出されたんだよ」

チカが忌々しげに口を歪めた。


塔子とチカは去年の文化祭のあと、衝突したらしい。

去年の文化祭で、手芸部は例年通り、教室の半分のスペースに自分たちの作品を展示し、残りの半分を販売スペースにして、携帯ストラップやポーチやワッペンなどの手作り小物を売っていた。

ところが去年の売り上げは、当時の三年生のデザインが良くなかったせいか、あまり芳しくなく、半分以上が売れ残ってしまったのだ。自分たちが寝食惜しんで一生懸命作った小物たちが、手に取ってもらえず、買ってもらえなかったことは、彼女たちにとってとてもショックだった。

「来年はファッションショーをやろーぜ」

そこでチカは、手芸部の方向転換を提案した。チカは中学に入ってから見よう見まねでデザインを始め、最近は自作の服も作っていた。三年生が文化祭を機に引退して、せっかく自分たちが上級生になるのだから、やりたいことをやろうと思ったのだ。手作りの雑貨を作ることが、最近の女の子たちに流行らなくなったせいか、手芸部は年々部員が集まらなくなってきていた。このまま同じような活動を続けていたら、部が廃れていきそうなので、みんなが注目するファッションショーをやったほうが、断然いいと思ったのだ。そのほうが、絶対、手芸部に活気が出ると、確信していた。

三年生がいなくなって、部員はチカと塔子と聡子だけになっていた。塔子も聡子もチカのデザインした服を褒《ほ》めてくれていたし、二人は喜んで賛成してくれると思っていた。

「そんなことできるわけないよ」

ところが予想に反して塔子が反対したのだ。「うちの部は伝統的に小物を作る活動をしているの。その伝統を崩したくない」というのがその理由らしい。

「はぁ？　何？　伝統って」

チカは鼻で笑った。たかだか創部二十年程度の手芸部に、伝統も何もあったもんじゃない。

「部員も三人だけになっちまったし、新しいことを始めねーと、このまま廃れていくだけだぜ」

「ファッションショーなんて無理。できるわけないじゃない」

「できるよ！　文化祭で話題になれば、絶対に部員が増えるから、やろうぜ！」

「無理。文化祭は展示会でいっぱいいっぱいだよ」

「だったらそっちを縮小すればいいじゃねぇか。こんな売れない小物、ちまちま作ったってしょうがねーんだし」

思わずチカの口から辛辣な言葉が飛び出すと、塔子の頬がみるみるうちに赤くなった。

「素人がデザインした服なんかでファッションショーしても、人が集まるわけないでしょ！」

今度は塔子がきつい一言をお見舞いする。

「はぁ？　今なんつった！」

チカは頭に血が上った。

塔子とチカは一歩も引かない口論になった。唯一の一年生部員だった聡子は、二人を挟んでオロオロするだけだ。

結局、結論は出ないまま、それぞれが好き勝手に活動を始めた。聡子は塔子について今までと同じ活動を続けたので、チカは被服室で一人、服を作り始めた。とにかく洋裁の活動を始めてしまえば、塔子もそのうち折れるだろうと思っていた。

塔子はチカのやることを静観したままで、二人は一切口をきかなかった。

冷戦状態だった塔子とチカの対立が決定的になったのは、翌年、新入生が入部したときだ。チカが新一年生にかたっぱしから「ファッションショーをやりたいんだけど」と声をかけると、それを目当てに理子とまりなが入部してくれたのだ。小物作りを目当てに入部したのは芽衣だけだった。

「こっちはこっちで活動するから」

一人の差ではあるが、自分が提案したファッションショーのほうが多く部員を集められたチカは、勝ち誇ったように塔子に宣言した。

「部長は私だから、被服室での活動は認めない」

すると塔子が部長の権限を主張するので、チカは「別にいいよ」と、新入部員の理子とまりなを連れて被服室を飛び出し、美術室でファッションショーに向けて準備を始めたのだ。美術部の部長はチカの友達だったので、広い美術室の一角を借りることができた。

「そんなことがあったのか……」

話を聞いた健太郎はうーむと唸った。手芸部にそんな確執があったとは。

「じゃあもう三ヶ月もバラバラに活動してたのか」

「こっちでやってるほうが全然楽しいっす」「だって暗いんだもん、塔子さんたちって」

理子とまりなは「ねー」と顔を合わせ、意地悪そうに笑う。

「三人でうつむいてずーっと針チクチクだろ？　あんなのと一緒の空気吸ってたらこっちも気分悪くなってくるし」とチカもフンと鼻を鳴らす。

つまりは嫌いな女の子同士、同じ空気を吸うのも嫌というわけか。

健太郎がふと目をやると、チカの背後には、被服室にあった首と手足のないマネキンが置いてあった。あとで調べたら、この胴体だけのマネキンはトルソーと呼ぶものらしい。よく見ると胴体の下のほうに『被服室』とマジックで書いてある。どうやら被服室に置いてあったうちの一体を、勝手に持ち出したようだ。さらに後ろのロッカーには小型ミシンまで置いてある。きっとそれも勝手に拝借したのだろう。

四つの机をくっつけた上には、スケッチブックが三冊置いてあった。その一つにはさっき、まりなが見せてくれた、チカのデザイン画が描かれている。

「他の二冊は上条と川添がデザインしたものなのか？」

健太郎が何気に残りのスケッチブックを捲《めく》ってみると、小学生の落書きのような下手くそな絵が現れた。

「いやー見ないで！　エッチ！」

まりながそそくさとスケッチブックを取り上げる。

「それは川添のデザイン画なのか？」

「下手っすよねぇ」と理子がからかうように笑う。

「まりなは下手でいいの。モデルなんだからっ」

「モデル？」

「そう。まりなは文化祭で、チカさんと理子ちゃんがデザインした服を着て、ランウェイを歩くの」

まりなはモデルよろしく腰に手を当て、さっそうとウォーキングを披露する。だが、身長が百五十センチあるかないかの小柄で、手足も短めなので、正直あまり様にはなっていなかった。

「まりな、今度、ボスゴリと一緒に原宿、歩けば？」と理子が言うと、

「ハハッ、ボスゴリと行けば超目立つし、スカウトもすぐに声かけてくれるな」

チカも面白そうに笑う。

「ええ～～」

まりなは露骨に嫌そうに健太郎の顔を見上げた。

どうやらまりなは読者モデルになりたくて、暇を見つけてはファッション誌のスカウトがいそうな渋谷や原宿や表参道をうろついているらしい。

「やだ～やだ～絶対やだ！　こんなゴリラおじさんと歩いてたら、恥ずかしいもん～」

ゴリラおじさん……。何だか散々な言われ様である。俺はお前らとたいして年は離れてないんだが……い、いや、彼女たちにとって、それでも十分おじさんなのだろう。

健太郎は苦笑を浮かべながらチカと理子とまりなを見た。

彼女たちはよく笑いよくしゃべった。塔子と聡子もおしゃべりだったが、こっちは全員が黒柳徹子かと突っ込みたくなるくらい、健太郎の話を聞かずに自分勝手にベラベラとよく口を動かしている。

ただし、しゃべると手が止まるまりなや理子と違い、チカはしゃべりながらもスケッチブックにサラサラと絵を描き続けていた。きっとデザイン画を描くことが大好きなのだろう。何気なく描いたスケッチも健太郎の目から見たらプロのように上手だ。

「そうやってデザインしたものから服を作るのか？」

「そうだよ。このデザインからパターンていう型紙を起こして、それを基に布を裁断して縫って、ボタン着けたりファスナー着けたりして服ができるんだ」

チカが誇らしげに説明してくれる。

「今までに何着か服を作ったことがあるのか？」

「いっぱいあるよ」

「じゃあ今度その服を見せてくれよ」

健太郎が言うと、チカは驚いた顔でこっちを見た。ショートカットなのでボーイッシュな雰囲気だが、目がパッチリしていてなかなかかわいらしい顔をしている。変なことを言ってしまったのかと、健太郎はひるんだが、チカは口角を上げて「いいよ」と言った。

「男の先生がそんなことを言うなんて珍しいな」と、ちょっとはにかんだ。

その日、健太郎が自宅アパートに戻ったのは夜の十一時を過ぎたころだった。美術室で下校時間ギリギリまでチカたちとしゃべっていて、そのあと職員室に戻って翌日の授業や期末テストの準備をしていたら、こんな時間になってしまった。

畳がむき出しになった六畳の部屋に腰を下ろすと、健太郎は座布団を枕にしてそのまま寝ころんだ。大の字になって、ぼんやりと蛍光灯に照らされた木目の天井に目をやる。

今日はなんだかとても疲れてしまった。ラグビーの試合を八十分間、フルに戦ったときのような激しい疲労感に襲われていた。女の子たちのパワーに圧倒されてしまったのだろう。

チカも理子もまりなも、元気によくしゃべっていた。みんないい子たちだった。塔子と聡子と芽衣だって手芸好きのいい子たちだ。

「部活なんだし、みんなで仲良くやったほうがいいよなぁ」

健太郎はそう呟くと、一つ息を吐く。三人で活動するよりも、六人で活動したほうが絶対に楽しいはずだ。ラグビーだって、フォワードとバックスで練習方法が違うから、両者の仲が悪いチームもあるが、やはりみんなで一体になって練習したほうが楽しいし、そうやって試合に臨むほうが絶対に結果を残せるのだ。

明日、塔子たちに、「六人で活動したらどうだ？」と提案してみよう。ちょっとした意見の相違で仲たがいをしているだけのようだし、自分が間に入って話をすれば、すぐに問題は解決する気がした。

瞼を閉じると、健太郎はあっという間に睡魔に襲われた。

「こんにちは！」

翌日、健太郎が被服室の扉から顔を覗かせると、いつものように一番前のテーブルに、塔子、聡子、芽衣が座っていた。

「……」

しかし三人から返事はない。黙々とうつむいて針を動かしているだけだ。

聞こえなかったのか――？

「こんにちはっ！」

健太郎はもっと声を張り上げてみた。しかし、やはり返事がない。

「……？」

聞こえているはずなのに、どうして返事をしないのだろう？

「どうしたんだ、みんな？　おーい」

テーブルの前まで行き、三人に声をかけたが、まるで健太郎など存在しないかのように、黙って作業を続けている。

「どうしたんだよ、町田」

健太郎は塔子の横でしゃがみ込み、顔を覗き込んだ。

「なんで何も言わないんだ？　どうしたんだ？　おい、町田、返事をしろっ」

健太郎がしつこく声をかけると、塔子がゆっくり顔を上げた。

「……昨日はどこに行ってたんですか？」

抑揚のない声で聞いてくる。銀縁メガネの奥に佇《たたず》む瞳は、冷たい怒りを含んでいるように見えた。

「どこって……長島たちと会ってたんだが」

すると塔子は呆れたように唇を歪め、顔を背けた。

「せんせー、めっちゃ盛り上がってましたね。あのヒトたちと」

丸顔にへの字口を乗せた聡子が言う。いつものおちゃめな表情は消え、やはり健太郎を睨みつけていた。

「見てたのか？　まあ、みんなおしゃべりだったからな」

「あっちのグループが良ければ、あっちの顧問になってくださ〜い」

聡子がわざと意地悪く声を張る。

「何言ってるんだ？　俺は手芸部の顧問だぞ。こっちもあっちもないだろう。みんなの顧問なんだから」

「あのヒトたちは手芸部じゃありません！」

突然、塔子が声を荒らげ、健太郎はビクリと肩を震わせる。

「おい、そんなこと言うなよ……同じ手芸部なんだからみんなで仲良くやればいいじゃないか」

「……」

三人は顔を見合わせると、またうつむいて、黙って作業を始めた。〝こいつは話が通じない〟と思ったのか、また無視し始めたのだ。

「おい、聞いてるのか？　おーい。返事しろ。町田」

塔子がまったく相手にしなくなったので、健太郎は仕方なく聡子の前に移動する。

「おーい根本」

聡子の横でしゃがみ込み、手を振ったり、声をかけたりしたが、やはり健太郎を空気扱いした。

「おーい大塚ぁー」

今度は芽衣の横に移動し、健太郎は芽衣の顔を覗き込んだ。すると芽衣は「きゃあっ！」と叫んであとずさり、後ろのテーブルに激しくぶつかってしまう。

「あ、悪い、悪い」

人見知りな芽衣は、男性が苦手なのだ。

すると、塔子と聡子がキッと同時に顔を向け、健太郎を睨みつけた。まるで親を殺した殺人犯を見るような、殺気を帯びた冷たく鋭い眼差しだ。初夏の蒸し暑い教室なのに、健太郎はぞわりと寒気がする。

なぜこんなに怒っている？

健太郎にはわけがわからなかった。

なぜ同じ手芸好きなのに、この二つのグループはいがみ合っているのか？

頭の中が疑問符でいっぱいになった。

三人の女の子たちは、おとといまでの手芸好きのかわいらしい女の子たちとは、中の人が入れ替わったような別人になっていた。古き良き日本映画の女子高生たちの面影は、今や影も形もない。今日は三人で羊のチャームを作っているらしく、ふわふわの毛の感触を出すために、ブスリ、ブスリとフェルト地に針を刺し続けている。その姿は、まるで呪いの人形を作っているかのような不気味さを醸し出していた。

2章　クロスステッチ　ぶつかりながら進め

「そりゃさ、お前はすっかり〝敵〟と見なされたわけよ」

前田浩介《まえだこうすけ》は形のいい唇をニヤリと歪め、ビールジョッキに口をつけた。

「て、敵!?」

健太郎は目を丸くし、思わず身を乗り出す。

錦糸町の駅前にある、焼き鳥が安くて旨いことで有名な居酒屋チェーン店は、週末ということもあり仕事帰りの一杯を楽しむサラリーマンたちでごった返していた。店のあちらこちらでは、店員が元気に注文を読み上げる声が飛び交っている。

「敵ってどういうことだっ！　あんなに親しく話もしてくれたのにっ！」

「だから、町田って子たちにとっては、その長島っていう副部長のグループが敵なわけだろ？」

「そうだが……」

「そうすると、その敵と仲良くしてたお前も、彼女たちにとっては敵って認識されちゃうんだよ」

浩介は砂肝の串で、〝お前〟と健太郎の顔を指す。

「敵の仲間は敵というわけか……」

「そういうこと」

「だが俺は手芸部の顧問だぞ。どっちの敵味方もあるわけないじゃないか」

「それが通じないのが、女の世界ってもんだろ」

浩介は砂肝を二つまとめて口に入れると、「やっぱここの砂肝はうまいな」と呟く。

このチェーン店は、健太郎たちが学生時代からよく利用している店だ。体育大学の学生だった健太郎と浩介は、食べ盛りの年ごろな上に、授業でも部活動でも体を動かしていたので、普通の大学生よりもさらに空腹だった。安くて旨い肉料理がお腹いっぱい食べられるこのチェーン店は、そんな健太郎たちにとってオアシスのような存在だったのだ。

社会人になって自分で稼げるようになってからも、やはり旧友同士で会うときはついついこのチェーン店を選んでしまう。

「でもこれからも顧問の俺とはつき合っていかないといけないんだぞ。無視したって、自分たちには何の得にもならないじゃないか」

「そんな先のことなんて考えちゃいないんだよ、とにかく『こいつ許せない！』ってなったらとことんやっちゃうんだよ、女の子は」

「そ、そうなのか……」

健太郎は愕然《がくぜん》として、力なくビールジョッキをテーブルに置いた。彼女たちの思考回路は健太郎にとって理解不能だった。

「女の子って難しいんだな……」

そんな健太郎を見て、浩介が同情の笑みを浮かべる。

「まぁ、おまえにとっちゃハードルが高いわなぁ」

「うう……」

浩介は健太郎が、こういった女の子の感情の機微《きび》に疎いことはよくわかっていた。

中学から大学までひたすらラグビーに打ち込んできた健太郎は、女の子とつき合ったことがなかった。「女なんかにうつつを抜かしてる場合じゃない！　そんな暇があったら練習だっ!!」と息巻いていた中学高校時代とは違い、大学生のときは多少、しゃれっ気が出てきて、彼女が欲しいと思うようになっていた。しかし、二メートル近い長身な上、首も腕も足も太く、ゴリラと見まがう容姿の健太郎は、見事なほどにモテなかった。それどころか「なんか怖そう」と、女の子たちからはいつも敬遠されていたのだ。友人に誘われて参加した合コンでも、おっかない見た目の上に、女の子たちに受ける気の利いた会話の一つもできず、巨大な岩のようにただそこにいただけだった。

こうして恋愛にすっかり及び腰になってしまった健太郎は、「自分なんかが告白したって女の子にとっちゃ迷惑なだけだろう」と思うようになり、彼女いない歴＝年齢という不名誉な記録を更新し続けている。そんな健太郎にとって、女心を理解しろというのは、エベレストを登頂しろと言われるよりもはるかに難しいのだった。

「なあ、どうやったら彼女たちと前みたいに話ができるようになる？　女の経験が豊富なお前ならわかるだろ！　教えてくれっ!!」

健太郎が胸ぐらを掴む勢いで、向かいに座る浩介に詰め寄ると、「失礼だな。人並みだよ」と苦笑された。

前田浩介は健太郎の大学時代からの親友で、卒業してからもこうやって頻繁に会っている。野獣のような見た目の健太郎とは正反対の、男の健太郎から見てもいい男だと思えるルックスをしている。顔は最近テレビでよく見る人気俳優に似ていたし、同じ体育大学のラグビー部出身だけど、フォワードで敵と激しくぶつかり合うポジションだった健太郎と違い、バックスの司令塔だった浩介は、ラグビーをしていた割にはスリムな体型をしていた。

大学時代はラグビーの試合になれば、浩介目当ての女の子たちがちらほらと応援にきていた。今はフィットネスクラブのトレーナーをしているから、きっと浩介目当てに入会する女性客が増えているに違いない。

「あーお前だったらこんなに悩まなくっても済むんだろうなぁ〜」

「俺だってそんな面倒くさいことになったら、どうなってるかわかんないよ」

「男だったら殴り合ったり、一緒に体を動かして汗を流したりしたら和解できるんだが……」

そのとき、「おっまたせーっ！」と、明るい声が聞こえ、背中を丸めていた健太郎は条件反射でパッと顔を上げた。

「望月《もちづき》さん！」

「ごめーん、会議が長引いちゃって」

浩介の後ろに立っていた望月紗英《さえ》が、申し訳なさそうに顔の前で手を合わせていた。

紗英は健太郎たちの大学の同級生だ。ゼミの課題が一緒になったことが縁で、学生のころからよく一緒に遊んだり、飲みに行ったりしていて、その延長で、社会人になってからも、時間を見つけてはたまにこうして会っている。

一ヶ月ぶりに会った紗英は、また一段と綺麗になっていた。

大学のときソフトボール部に所属していた紗英は、耳が見えるくらいのベリーショートだったが、今は肩にかかるくらいのセミロングで毛先にゆるいウェーブがかかっている。健康食品メーカーで営業職をしているせいか、昔はほとんどしていなかった化粧をしていて、もともと整っていた顔立ちがより映えて見える。水色のパンツスーツを爽《さわ》やかに着こなし、学生のころとは違う大人びた姿が、健太郎の胸の鼓動をより高鳴らせた。

「あれー？　これだけしか頼んでないの？」

浩介の隣に座った紗英は、テーブルの上に焼き鳥の盛り合わせと枝豆の皿しか載っていないのを見て、驚いた顔をする。

「俺一人しか食べてないから、今日はコイツ、あんまり食べてくれなくてさぁ」

「えぇーどうしたの？　大山君、体調悪いの？　大丈夫？」

紗英が心配そうに顔を寄せてくるので、健太郎の顔が熱くなる。

「だっ大丈夫！　じゃんじゃん注文しよう！」

「そうこなくっちゃ！　大山君がいるから私もいっぱい食べれるしー！」

両腕でガッツポーズした紗英が嬉しそうに笑い、健太郎の顔も自然とにやける。その様子を見て浩介が密かに苦笑した。

紗英は痩せているが、その体のどこに入るのかと不思議なくらいの大食いである。女同士だと気を遣って好きなだけ食べられないからと、学生のときから「大山君と一緒ならお腹いっぱい食べられて嬉しい！」と、よく健太郎とご飯を食べていた。大盛りメニューのある店に行くのも好きなので、健太郎は紗英に連れられ、何度も一緒に大盛りチャレンジしたことがある。

そんなこともあり、健太郎は紗英のことが好きになっていた。だが、女の子から避けられる存在であることを自覚している健太郎は、もちろん自分からデートに誘うことも告白することもできないままだ。

「二人で盛り上がってたけど、何の話してたの？」

「いや、こいつの人生相談よ」

「こ、浩介っ！　たいしたことじゃないからっ」

「なぁに～？　言ってごらんよぉ」

紗英の愛らしい笑顔に催促され、健太郎は再び手芸部の出来事を話すはめになった。

「あーそれって十代の子たちによくあることだよねぇ」

話をひとしきり聞いた紗英は、唇をとがらせて頬杖をつく。

「女の子って『こいつ嫌い！』ってなると、もう一生口きかないくらい、ずっと嫌い続けてる子とかもいるからねぇ」

「やはりそうなのか」

「でも大山は手芸部の顧問になったから、放っておくわけにもいかないだろ？」

「そうだよねぇ。放置するとどんどん関係が悪くなるし、イジメとかにでもなったら大変だしねぇ」

「そうなんだよなぁ……どうしたらいいか」

健太郎が深いため息を吐くと、「お待ちどうさま～」と追加のビールと料理が運ばれてくる。紗英がいつの間にか大量に注文していたらしく、焼き鳥の盛り合わせと、鳥のから揚げと、ソーセージの盛り合わせと、塩キャベツの皿がそれぞれ三人前ずつテーブルに並んだ。

「さぁー食べよっ！　一人一皿が最低ノルマだよっ」

「おいおい、俺はさっきから焼き鳥食ってんだぞ」

呆れる浩介をよそに、紗英は目を輝かせて「いっただっきまーすっ」と、つくねの串を頬張り、「あー今日は朝からずっとこれが食べたかったんだー」と、とろけるような笑顔になる。

そんな紗英の幸せそうな顔を見ると、健太郎は胸がふわりと軽くなり、全身がぽかぽかと温かくなった。実は、紗英が美味しそうに食べている姿が一番好きだったりする。

「ほら、大山君も食べなよ」

「お、おう」

紗英に勧められ、健太郎も焼き鳥を頬張り始めた。さっきの食欲不振が嘘のように、焼き鳥とビールが美味しく、あっという間に盛り合わせの皿が空になる。

「早いねぇ！　さっすが大山君！」

紗英は嬉しそうにして、自分もから揚げを口に放り込む。健太郎も負けじとソーセージの盛り合わせの皿に手を伸ばした。いつもの調子が戻ってきたようだ。浩介はそんな二人を呆れつつも温かい目で見守っている。

「さっきの話なんだけどさぁ」

から揚げをかじりながら紗英が唐突にしゃべり出す。「多分、私とか前田君の話を聞いても仕方ないいんじゃないのかな」

「えっどうしてだ？」

「だって答えは大山君じゃないと出せないと思うから」

「そ、そうなのか？」

現場にいる健太郎にしか対応策は見いだせないということだろうか。

「大山君、去年の東京都の、体育科教員の採用倍率、覚えてる？」

「えーっと……」

「たしか十倍以上、あったんじゃないの？」と浩介が教えてくれる。

「そう、体育科は他の教科より倍率が高かったんだよ。大山君はその高倍率を見事に突破して教員になれたんだから」

「それはたまたまで……」

「たまたまじゃないよ。大山君がまじめに、コツコツと頑張ったからだよ。だから、大山君は大山君のやり方で頑張れば大丈夫なんじゃないかな。今までだってそれでやってこれたんだから」

紗英は健太郎の目を見ながらニコリとほほ笑んだ。

「……」

不思議だ。紗英の澄んだ瞳に見つめられると、健太郎は今までの不安が嘘のように消えていき、元気と勇気がぐんぐん湧いてくる。これが恋のパワーというものだろうか。

「私にできることは協力するから、頑張りなよ」

「おうっっ!!」

健太郎が叫ぶと、居酒屋の客とスタッフがいっせいにこっちを見た。

「お前、声大きい　」

浩介が苦笑する。自分でも単純だと思うが、紗英に大丈夫と言われると、すべてがうまく行く気がしてきた。

五日間続いた期末テストの最終日は、昨日まで降り続いていた雨が止み、見事な晴天になった。例年より長かった梅雨も、テスト終了と同時に去ってくれたようで、澄んだ青空に夏の本格的な到来を告げる入道雲がそびえ立っている。

一年C組のテスト監視をしていた健太郎は、回収した答案用紙を担当教員に届けると、「よーしっ!」と両手のこぶしを握りしめ、気合を入れた。

職員室を出た健太郎は、その足で中央棟の三階にある美術室に向かった。テストから解放された生徒たちは、みな一様に晴れやかな顔をしている。テスト結果は気になるかもしれないが、とりあえずはこれで夏休みを迎えられるからだ。教師のほうはこれから採点したり通知表をつけたり、赤点をとった生徒のフォローをしたりと、結構大変なのだが、そんなことは夏を謳歌《おうか》したい若者たちには関係ないのだ。

「手芸部のみんなーいるかー」

健太郎が勢いよく美術室の扉を開けると、いつもの後ろのスペースに、チカとまりなが立っていた。テストが終わり、さっそくファッションショーに向けての活動を再開したというわけだ。

「ボスゴリ、ちわっす」

「ボスゴリ～もうなんなのあの数学、まりな全然わかんなかったよ～」

チカがよっと片手を上げて挨拶し、まりなはプゥと頬を膨らませてむくれている。

「今日は二人か？　上条はどうした？」

健太郎が聞くと、「ちーっす！」と理子が遅れてやってくる。

「理子ちゃん、今日ももしかして学校サボったの～？」

「えっ上条、お前、テスト受けてないのか!?」

まりなの言葉に健太郎はギョッとする。あとで調べたら、上条理子は入学して以来、遅刻や欠席が多く、出席日数がかなり危ないことになっていた。期末テストも受けていないとなると留年がほぼ確定してしまう。

「んなわけないっすよ～、テストだけはちゃんと受けてるっす」

理子がアハハと大きな口を開けて、胸を張る。『テストだけは』という発言は気になるが、とりあえずは赤点を取ってくれていないことを祈るだけだ。

これで、三人が揃った。健太郎は、気合を入れるようにフッと息を吐くと、

「みんな、被服室に移動するぞ」

と、宣言した。

「はぁ？」

三人は口を開けたまま、キョトンとする。

いつものように机を四つくっつけ、その上にスケッチブックと、大きな紙を筒状に丸めたものが置いてあった。健太郎はそれらを手早く掴むと、横に置いてあるトルソーを右腕に抱え、後ろのロッカーに置いてあったミシンを左腕に抱え、スタスタと廊下に向かい歩き出した。

「ちょっと何すんだよ！」

「ボスゴリ～！」

我に返った三人が、慌てて追いかけてくる。

「どこに持って行くんだよ！」

チカが健太郎のTシャツを後ろから掴み、声を荒らげる。

「だから被服室だ」

「ええっ？」

「なんでなんで〜？」

理子とまりなが健太郎の両サイドから困ったような顔を覗かせた。

「手芸部なんだから被服室で活動したほうがいいだろ」

「冗談じゃねーよ！　あんなとこでできるか！　返せよ！」

チカが健太郎の手からスケッチブックを奪おうとするが、ラグビーで屈強な男たちにもボールを譲らなかった健太郎は、余裕でそれをかわす。三人の女の子が「ふざけんな」「やめて！」「返して！」と、小型犬のように健太郎の周りをウロウロして喚いたが、健太郎は素知らぬ顔で、一階下の被服室へと突き進んだ。

まずはお互いを歩み寄らせることだ！

浩介と紗英と飲んだ日の帰り道、健太郎はそう考えた。

ラグビーは1チーム十五人で試合をするので、部員はつねに三十人以上はいた。中には、自己主張が強かったり、わがままだったりと、気の合わない奴はいっぱいいた。でも、一緒に練習で汗を流し、一緒に飯を食い、一緒に試合に出て喜びを分かち合い、悔し涙を流したりしたら、自然と仲良くなり、チームは一つになっていったのだ。

手芸もラグビーと同じだ。同じところで活動して、同じ空気を吸って、相手の存在を認め合うようになったら、仲たがいなんかすぐになくなるはずなのだ。別々の場所で活動していたら距離は永遠に縮まらないだろう。だからまずは、強引にでも、二つのグループを同じ場所で活動させることにしたのだ。

「こんにちはっ！」

荷物を両腕に抱えたまま、健太郎は被服室の扉を勢いよく開けた。一番前のテーブルで作業をしていた塔子、聡子、芽衣がびっくりした顔でこっちを見る。

「ほら、入れ」

健太郎に促され、チカと理子とまりなが渋々教室に入ってきた。その三人の姿を見て、塔子が顔を強張らせる。

「今日から手芸部は全員、被服室で活動してもらう！」

体育の授業で大勢の生徒たちを前に話すときのように、健太郎は声を張りあげた。その言葉を聞き、塔子は信じられないという表情で、目を見開く。聡子も無表情にこっちを睨みつけ、芽衣はうつむいて体を強張らせた。

一方、チカは扉の前でふてくされて立っていて、塔子と目を合わせようとはしない。理子は腰に手を当てたまま、つまらなそうに廊下を眺め、まりなは耳の上で束ねたツインテールを気まずそうに指でもてあそんでいた。

室内に、静かな緊張感が流れた。しかし、そんなことでひるんでいる場合ではない。

「ほら、長島、上条、川添、いつものようにしてていいぞ。こっちのほうがトルソーもミシンもいっぱいあるし、服が作りやすいだろ?」

健太郎は持ってきたトルソーを他のトルソーと同じように教室の後ろに置き、ミシンを窓際の棚に戻した。

「さあ、早く入れ」

健太郎に手招きされ、不満そうな顔で入り口に立っていたチカが、観念したように教室の中に足を踏み入れる。「返せよ」と、健太郎が持っていたスケッチブックを奪うと、教室の後ろに向かった。それを見て理子とまりなも小走りに続く。チカはテーブルの前に立つと、そこにスケッチブックと筒状の紙を置いた。親鳥に寄り添うひな鳥のように、チカの両隣に理子とまりながぴたりとつく。

しばらくその様子を見ていた塔子は、再び、自分の作業を始めた。すると、聡子と芽衣も慌てて同じように目をそらす。せっかく同じ教室に連れて来たのに、塔子たちは教室の一番前、チカたちは一番後ろでそれぞれ固まっていた。

「おーいそんなに離れるなよ。みんなで集まったらどうだ?」

教室の中央に立った健太郎が声を掛けるが、その言葉は全員に無視された。まあ仕方ないか。健太郎は頭を掻きながらため息を吐く。最初は離れてでも、まずは同じ場所にいることが大切なのだ。

チカは鞄からノートサイズに折り畳まれた白い紙を取り出すと、それをテーブルの上に広げた。紙は広げるとB1サイズの大きさになり、表面には青い色や赤い色の直線や曲線がいくつも描かれていた。理子は筒状に丸めてあった薄茶色の紙をその上に広げ、まりなが鞄からビー玉を敷き詰めた小さなガラス瓶を二つ取り出し、紙の両端に文鎮のように置く。薄茶色の紙はハトロン紙のようで、下の紙の青い線や赤い線が透けて見えた。

「何をしてるんだ？」

健太郎が興味津々に聞いてみるが、チカは返事をせず、定規を当てながら下に映っている青い線を慎重に鉛筆でなぞり始めた。

「パターンっす」

「理子ちゃんがデザインしたワンピの型紙を、チカさんが作ってくれてるんだよ～」

理子とまりなが、代わりに説明してくれる。服を作るためには、そのデザインを基にパターンという型紙を起こさないといけない。でもオリジナルのパターンを起こすにはかなりの技術が必要で、高校生の彼女たちにはまだ難しかった。そこで、参考になりそうな被服雑誌に載っている型紙をまずは写して、そこからチカがデザイン画に近いパターンになるようにアレンジしているらしい。パターンを起こすのは理子とまりなにはできないので、そこだけはチカ一人の作業になるのだった。

一寸の狂いがあってはいけないと、型紙をなぞるチカの目は真剣だ。もともと大きな目が更に見開かれ、獲物を狙うタカのように鋭い。

「すごいなぁ長島は、プロみたいだな」

健太郎が感心して呟くと、「昔から遊びでやってたから」とそっけなく言われる。

「チカさんは、自分の服とか友達のいらなくなった服とかをもらってきて、それをバラバラに分解してるんです」

チカの作業を緊張した眼差しで見ながら理子が言う。

「なんでそんなことをするんだ？」

「パターンの勉強をするためだよ～！　バラバラにすると、その服がどういうパターンで作られたのかわかるでしょ？　チカさんってすごいんだよ～」

まりなが自慢げに声を張りあげる。

二人が言うには、パタンナーという、ファッションデザイナーが描いたデザイン画から型紙を起こす専門の職人もいるらしい。

そのとき、健太郎は背中にゾクリと悪寒が走った。振り返ると、塔子が冷めた目つきでこっちを見ている。

し、しまった！　チカたちのグループと話し過ぎてしまったか……。

「あー町田……」

あげた。

健太郎が慌てて塔子に声をかけようとすると、聡子がわざと聞こえるように声を張り

「偉そうに言ってるけど、結局、既製のパターン使ってるだけじゃん。そんなの自分で

デザインしたって言えないし」

「ねーもーとー!!」

健太郎は叫びながら、慌てて前列に向かう。

「きょ今日は、三人は何を作ってるんだ？」

「ポーチです」

塔子がそっけなく答える。今日は水色の布に、小鳥の刺繍を入れている。

「あたしは文化祭で売る用のブックカバー。自己満で服作ってるヒトたちと違って、ち

ゃんと売れるものを作らないといけないから、神経使うんだよねー」

「そう、売り物だから、いいかげんなものは作れないしね」

聡子の言葉に塔子が合いの手を入れ、チカ、理子、まりながキッと顔を上る。

「いや～先生はみんなすごいと思うぞ!!」

健太郎は両者の顔を交互に見ながら、もっと声を張りあげた。こういうときだけは自

分の声が大きくて本当に良かったと、心の底から思う。しかし六人が揃ってまだ三十分

も経っていないのに、この気まずさと緊張感は何なのだ。強力な磁石のS極同士が向い合っているような、異様に反発し合う磁場が教室中に渦巻いていた。部屋には冷房が入っているのに、健太郎はさっきから背中にびっしょりと汗をかいている。

「そういえば、塔子先輩、東村林太郎の新刊本、見た？」

聡子は人気ミステリー作家の名前を挙げる。

「見てないけど？」

「あの本の表紙、ミッシェル先生の刺繍ですよ」

「ええっそうなの？」

クールな塔子が珍しく声をあげた。

「なんだ？　ミッシェル先生って」

「手芸部の顧問のくせに知らないの～？」と聡子が健太郎を見て意地悪く笑う。

「刺繍作家です」

塔子が頬を紅潮させながら教えてくれた。「ミッシェル麦子って有名な刺繍作家なんです。お花とか動物の刺繍がすごくすごくステキなんです」

「へえーそうなんだ」

「塔子先輩、大好きなんだよねー」

「うん！」

塔子は幼い少女のように嬉しそうに頷くと、「その本買わなくっちゃ」と口元をゆるめ、刺繍を続ける。まじめ一途に見える塔子にもこんな無邪気な一面があるのかと、健太郎が新鮮に思っていると、

「……あたしも見ました、綺麗だったです」

うつむいていた芽衣が、突然、しゃべり出した。

「――!!」

健太郎はびっくりして芽衣のほうを見る。

〝おおーっ大塚がしゃべったぁぁ!!〟

健太郎は、赤ちゃんが初めて立った瞬間に立ち会った父親のような感動を覚えた。芽衣も三人で話しているときはこういった会話に加わるのだ。とても貴重な瞬間が見られたようで嬉しかったが、騒いで芽衣を怖がらせてはいけないので、冷静を装った。

「へぇ～そんなにいいのか。先生も今度、その本、見てみるな」

そう声をかけると、芽衣はうつむいたままコクリと頷き、丸く縫い合わせたベージュのフェルトの中に、綿を詰める作業を続けた。

そのとき、教室の後ろからキャーッと甲高い嬌声《きょうせい》が響く。

「ひっどーいクズじゃないもん！」

「クズだよ、まりなの男友達なんてみーんなクズ！」

「そんなことなーい。みんないいヤツだもん！」

理子が馬鹿にしたように笑うと、まりなが彼女をポカポカと叩いていた。

「クズってどんなクズなんだよ」

チカも鉛筆を走らせながらニヤニヤする。

「だから～クズじゃないですってば！　ぜったい楽しいからチカさんも一緒に行きましょうよ、海！　チカさん来たらみんな喜びますよぉ」

どうやら三人は夏休みの予定を話しているようだ。

「だいだい、まりな水着持ってんの？」

「あ、持ってなーい、理子ちゃん貸して～」

「あたしのを着たら胸がブカブカだよ」

「ひっどーい、理子ちゃんより胸あるもん！」

「まりなよか、あたしのほうがあるね～」

「うっそ、うっそ～！」

まりなが理子の胸をつつき、おかえしにと理子がまりなの胸をつつく。「エッチ！」

「そっちこそ！」

身長二十センチ差のコンビは、きゃあきゃあ笑いながらじゃれ合う。

「ちょっと！」と塔子の鋭い声が響いた。

「騒ぎ過ぎ、静かにして！」

銀縁メガメを光らせ、風紀委員のように理子とまりなを睨む。

「別にいいだろ」

すると、チカがゆっくりと顔を起こし、塔子を睨みつけた。

「そんなくだらない話、こんなところでしないで！」

「はぁ？　お前らは高尚な話ばっかしてんのかよ」

「授業中じゃないんだし、騒いでもいいと思うんすけど」「そうでぇーす」

理子とまりなもチカに加勢する。

「別にいいけどさぁ、声でかすぎ。キャンキャンキャンキャン耳障りなんだよね～」

今度は聡子が塔子の味方をした。芽衣も小さく頷いている。

教室の前と後ろで二つのグループがまた睨み合った。バチバチと三対三の視線がぶつかり合い、見えない火花が散っているようだ。教室の中が絶対零度の世界になったように、冷たく凍りついた。

な、何なんだ！　この険悪な空気はっ！

健太郎は大いにたじろいだが、

「おい、いいかげんにしろっ」

とりあえず二つのグループをいさめるために、声を張りあげた。

「みんな同じ手芸部なんだから、つまらんことでいがみ合うのはやめろっ」

一喝すると、みんなは不満そうな顔をしつつも、大人しくなった。

健太郎は密かにふぅと息を吐き、額の汗をぬぐう。どんな大一番のラグビーの試合でも、こんなに緊張したことはなかった。だいたいラグビーなら、ノーサイドの笛が鳴ったら敵同士からラグビーを愛する仲間同士に戻り、お互いの健闘を称え合うのだ。だからラガーマンたちは、試合のとき以外では、相手に敵意をぶつけたりすることなど決してなかった。

それなのになぜこの女子高生たちは、その愛らしい姿からは想像できないような、ドロドロとした憎悪や嫌悪の感情をぶつけ合うのだろうか？　手芸好きの仲間同士なのに、歩み寄ろうともせず、敵対し合うのだろうか？　健太郎にはさっぱりわからない。

「ボスゴリー。でも、おかしくねぇか？」

すると、チカがふてくされたように声をあげた。

「どういうことだ？」

「部活は楽しくやるもんだろ？　あたしらは美術室にいたときと同じように楽しんだらいけねぇのか？」

「う、そ、それは……そんなことはないぞ」

「でしょー？　だったら好きにおしゃべりしていいよねぇ」

まりなが小悪魔のように上目づかいでこっちを見る。

「せんせー」と今度は聡子が手を上げる。「あたしも今まで通り楽しく部活したいんだけどー。こんな騒音まき散らかされたらいい作品なんかつくれないよー」

「し、しかし……」

健太郎は両者の狭間でオドオドする。

「あんなのが作品だってさ」

すると、理子がプッと吹き出した。

「ほんと〜」と、まりなも馬鹿にしたような笑みを浮かべる。

「今どき手作り小物なんて、ないよ」

「ないない。あんなもん文化祭に出したって、ねぇ」

「はぁ〜？」

聡子が立ち上がり理子とまりなを睨む。「手芸部なんだから小物作んのが当たり前じゃん！　笑ってるあんたらがバカなんじゃねぇの？」

「バカ〜？」

理子とまりながムッとする。

「夏休みになーんも予定なくって、ずーっと暗ーく針チクチクしている人たちにバカなんて言われたくないでーす」

「男と遊ぶことしか考えてないバカ女のほうがかわいそうだと思うけど！」

まりなの悪口に、聡子が負けじと反論する。

「そっちのほうがかわいそうっすよ。うつむいてじとーっと人形作ってたりなんかして、キモイっす！」

理子がさらにたたみかけると、

「そうそう、もう人生終わってるって感じ〜！」

まりなも意地悪く笑った。

グスッ、グスッ……。すると、鼻をすする音が聞こえた。

「……？」

健太郎が前の席を見ると、芽衣が肩を震わせている。

「うっ……うっ……うっ」

芽衣は両手で口を押さえ、ボロボロと涙を零していた。

「芽衣ちゃん？」

塔子と聡子が心配そうに芽衣を見る。芽衣は手に持っていたベージュのフェルトを横に置くと、テーブルに伏せてシクシクと泣き始めた。フェルトには手足がついている。

今まさに、芽衣は文化祭に出品するフェルト人形を作っていたのだ。

「大塚!!」

健太郎は慌てて芽衣に駆け寄ろうとするが、塔子がサッと手を上げ、それを止める。そうだ、男性が苦手な芽衣に近づくと、よけいに怯えさせてしまう。

「芽衣ちゃん気にしちゃダメだよ」

「そうだよ、芽衣はすごい作品を作ってんだから、あいつらはわかってないんだよ」

塔子と聡子が芽衣の両側から囲み、肩を抱いて、必死で慰める。しかし芽衣は「うう〜〜」と激しく嗚咽《おえつ》を繰り返すばかりで、泣き止みそうになかった。

「あー……」

突然の女生徒の号泣に、健太郎はうろたえて、その周りをウロウロするだけだ。理子とまりなは顔を背け、気まずそうにしていた。

「別にその子のこと言ったわけじゃねぇし、そんなことで泣いてんじゃねぇよ」

チカが冷たく言うと、芽衣がさらに「わぁぁん」と激しく声をあげる。

すると塔子がスッと立ち上がり、チカを睨んだ。

「出て行って！」

凛とした声で言い放つ。

「……」

チカはショートカットの髪を、一回、ブルッと振るわせると、顎を上げ威圧的に塔子を睨んだ。

「出て行って！」

塔子がさらに強い口調で言った。

しばらく二人は睨み合っていたが、チカが「チッ」と舌打ちすると、テーブルに広げてあった道具をまとめ始めた。そのままチカはバン！　と激しい音を立てて被服室の扉を開け、外に飛び出す。理子とまりなも慌てて荷物をまとめてチカの後を追った。

「ちょっと待て！」

健太郎が三人を呼び止めようとすると、

「大山先生！」

背後から塔子の鋭い声が響いた。振り返ると、燃えるような目でこっちを睨んでいる。後ろで束ねてあったロングヘアーの髪は乱れ、ところどころほつれていて、その姿はメドゥーサのようだ。髪から蛇が飛び出てきそうだった。

「は、はい……」

「どういうつもりですか？」

「え、どういうって」

健太郎は塔子の迫力にすっかり押されてしまっていた。どっちが教師か生徒だかわからなくなっている。

「どうしてあんな人たちを連れて来たんですか！」

「だから、同じ手芸部なんだし……」

「余計なことはしないでください！」

塔子が話を遮り、ドン！　と手のひらをテーブルに叩きつけた。「私たちは三人で、文化祭に向けて頑張らないといけないんですっ！」

「はい……」

それこそ健太郎はメドゥーサに睨まれたかのように、岩になってしまった。


ファイオーファイオーファイオー！　ヘイヘイーオーライオーライ！　イッチニイサンシッ、ニーニーサンシッ！

今日も西棟の廊下を歩いていると、運動部の生徒たちの元気なかけ声が聞こえる。

「はぁ――――っ」

しかし今の健太郎はそんな声を聞いても、うきうきできる精神状態ではなかった。

職員室までの道のりが、広大な砂漠を歩いているように、はるか遠くに感じられた。足が鉛のように重く、動かそうとしても前に進まない。

あれから美術室に行ってみたが、チカたちはいなく、どうやら三人は帰ってしまったようだった。

疲れた――。

健太郎はとてつもなく疲れていた。ラグビーの合宿で一週間ぶっ通しで練習したときよりも、ダブルヘッダーで試合をこなしたときよりも、はるかに疲れていた。しかも運動をしたあとのような、すっきりとした心地よさはまったくなく、心臓や胃がキリキリと締めつけられるような気持ちの悪さがずっと残っている。

いわゆるこれが〝精神的疲労〟というやつなのだろう。健太郎にとってそれは初めてに近い経験だった。ラグビーのときもスパルタ監督にしごかれ、精神的に追い詰められ、きつい思いや辛い思いをさんざんしたことはあったが、こんな息が詰まるような苦しい気持ちにはならなかった。男同士だし、ラグビーに打ち込んでいる者同士だから、嫌な思いはさせられても、わかり合えるところがあったから、しのぐことができたのだ。

しかし、今日の女の子同士の諍《いさか》いは、健太郎にとって、すべてが衝撃的だった。女の子たちのむき出しの憎悪に触れ、恐怖を通り越して思考が停止してしまったほどだ。あんなに平気で人を傷つけ、嫌なものを嫌とはっきり言って排除したがる女の子たちの残酷さに、健太郎はまったく太刀打ちできず、なすすべもなかった。

な、情けねぇっ――!!

胸の奥から羞恥心《しゅうちしん》が込み上げてきて、ブルブルと体が震えた。大人の男が、しかも教職についているのに、彼女たちを諭すことも宥《なだ》めることもできず、ただ呆然と佇むしかなかったなんて……そんな自分が、この上なくみじめに思えた。

三河先生――。
そのとき、三河の人の好い優しい顔が脳裏に浮かぶ。三河先生ならこういうときどうするだろうか？　健太郎はこんな風に困ったとき、いつも彼女に相談していた。また、相談してみようか……。健太郎はズボンのポケットからスマホを取り出し、三河の電話番号を表示する。
ダ、ダメだっ！
しかし、発信ボタンを押そうとする右手を、自分の左手がガシリと止めた。

三河は胃潰瘍で入院しているのだ。その原因になったストレスには、少なからず自分の存在もあるのだ。これ以上三河に心配をかけてはいけない！　絶対に絶対にいけないのだ！

でも――。

「どうしたらいいんだぁ～」

一階に降りる階段の途中で、健太郎はよろよろと壁に寄りすがった。

そのとき、ピロリロリーン♪　と、手の中にあるスマホが鳴り出す。

「うわっ」。健太郎はびっくりして、体を起こした。

「――？」

ディスプレイ画面を凝視して首をひねる。それは公衆電話からの着信だった。

「もしもし？」

「あ、大山先生？」

電話に出ると、三河の声が聞こえる。

「みっ、三河先生！」

健太郎は思わずスマホを両手で握りしめた。「ど、どうしたんですかっ」

「やっと検査が一段落したから……」

「電話して大丈夫なんですか？」

「ちょっとだけなら」

きっと病院の待合室からかけているのだろう。背後から「番号札××番の方～」とアナウンスが聞こえる。

「そんな、無理しないで安静にしててください！」

「うん、すぐに切るけど……ごめんね、手芸部大変でしょ？」

「う……」

三河は手芸部の顧問になった健太郎のことを心配して、わざわざ電話してきたようだった。

「この前、ちゃんと説明しないで任せちゃったから、大山先生、苦労してるんじゃないかなって思って」

「ぜーんぜん平気っすよっ！　みんないい子たちだしっ」

　健太郎は無理に明るい声を出した。胃潰瘍の三河に本当のことなんか話せるわけがない。

「町田さんと長島さんと話した？」

「は、はあ」

「ふたりとも頑固でしょう？　私も二人がバラバラに活動し始めちゃってから、何回か話し合ったんだけど、まだ、時間がかかりそうでね……しばらくはそれぞれで活動させることにしたの」

「そ、そうだったんですか……」

「まずはお互いのやっていることを尊重してあげようと思ってね。最終的にはみんなで一緒にやってほしいなーとは思ってるんだけど」

「……はぁ」

　生徒一人一人の想いを大切にする三河は、仲たがいの状況は良くないが、まずはそれぞれが楽しく活動することを優先させたのだ。きっとそうしながら、二つのグループが穏やかに解決に向かう方法を、そのタイミングを探っていたのだろう。

　それなのに、それなのに俺ってやつは……。健太郎は背中から冷や汗がダラダラと流れ出す。

「二人とも、ケンカしてるけど、活動はまじめにやってるでしょ？」

「そうですね、文化祭に向けて張り切ってます」

〝私たちは三人で、文化祭に向けて頑張らないといけないんですっ！〟さっき怒鳴りつけてきた、塔子の鬼気迫った顔が浮かぶ。

「文化祭は、文化部の大切なイベントだから」

「そうなんですか」

「うん、文化祭は手芸部にとって、一年に一度の晴れ舞台なの。だから、みんな、そこに向けて、一年間頑張るの」

スマホから小さなため息が漏れる。

「……文化祭までに、手芸部もまとまってくれればいいんだけど、ね」

「……」

今日の事態を鑑みると、それはとても難しそうだった。

「大変だと思うけど、温かく見守ってあげてね」

「はいっ、そのつもりですっ！　自分、頑張りますからっ先生も安心しててくださいっ」

「あ、それでね、私の机の一番下の引き出しの中に、手芸部の資料があるの。参考になればと思って」

「一番下の引き出しっすね！　わっかりました、目を通しておきますっ！　それじゃ、お大事にっ」

健太郎は最後まで明るく振る舞い、電話を切った。

「はぁ～～～」

膝の力が抜け、その場にヘナヘナと座り込む。

どうするんだよっ!! 俺はぁぁぁ!!

健太郎は自分を百発くらい殴りたい気分だった。自分が短絡的に動いたせいで、手芸部に、もはや修復不可能ともいえる、深い深い亀裂を作ってしまったのだ。


やっとの思いで職員室に到達すると、健太郎は窓際にある三河の席に向かった。一番下の引き出しを開けてみると、几帳面な三河らしく、資料が仕切り板で綺麗に区分けされている。その中の一つに、『手芸部資料』と見出しのついたものがあった。

その資料を机の上に並べてみる。ノートが十数冊と、アルバムと、クリアファイルと、手芸の本がいくつかあった。三河は新任で水之江高校に赴任して以来、十数年、手芸部の顧問をしているらしい。それぞれの年度の活動記録を、一年に一冊のペースでノートにまとめていた。

アルバムを捲ってみると、三河が撮り続けていたらしい、手芸部の活動を収めた写真が貼ってあった。被服室での様子や、新入生歓迎会、都の展示会に出品した作品、文化祭の作品、部員の集合写真、卒業式の写真などがある。

クリアファイルの中には、折りたたまれた紙が挟んであった。広げてみると、歴代の手芸部員の名前と、住所が書いてある。きっと同窓会に備えてまとめた名簿なのだろう。

健太郎はその名前を何気なく眺めて、アッと声を上げる。

十五年前の卒業生に三河良美の名前があったのだ。

「三河先生も水之江高校の手芸部だったんだ……」

水之江高校を卒業して母校の教員になったとは聞いていたが、まさか手芸部出身だったとは。

「おっ、大山先生、どうしたの？」

国語教員の斉藤が不思議そうな顔で近づいてきた。顧問をしている陸上部の部活を終えて戻ってきたようで、ジャージ姿で首にタオルをかけている。健太郎より少し年上の斉藤は、兄貴のような親しさでいつも話しかけてくれる。

「三河先生の引継ぎで」

「ああ、手芸部の」

斉藤はタオルでしきりに顔の汗を拭きながら、隣のイスに腰掛けた。

「三河先生って、うちの手芸部出身だったんですね」

「うん、どうやら、一人で活動してたみたいなんだよ」

「俺、席が隣だから、話を聞いたことがあるんだ」

健太郎はもう一度、卒業名簿に目をやる。たしかに十五年前の卒業生には三河良美の名前しかなかった。しかも前後の学年には卒業生がいなかったから、高校二年と三年の二年間、三河は一人で活動していたことになる。

「……」

健太郎は呆然と卒業名簿の紙を見つめた。

二年間もたった一人で——。

つねに大勢の仲間たちがそばにいた健太郎にとって、それは想像もできないことだった。部活の醍醐味《だいごみ》はその活動内容より、仲間と楽しく過ごすことにあると言ってもいい。誰とも話ができない、笑い合えない、楽しさを分かち合えない、そんな中で三河は手芸部の活動をしていたのだ。

「三河先生は、一人で手芸部にいて楽しかったんでしょうか……」

「そりゃ、寂しかっただろうけど、それでも頑張ってたんだってさ」

「どうしてですか？」

「自分がやめると、手芸部が廃部になっちゃうからって。そうすると、将来、困る子たちがきっといるからって、頑張ってたんだって」

「……」

健太郎はあの被服室で、一人で活動している三河を想像した。塔子のように、一番前の席に座り、黙々と針を動かしていたのだろうか。静まり返った教室に、グラウンドと体育館から運動部のかけ声が響き、余計に孤独を募《つの》らせていたのではないだろうか。一人で作品を作り、販売用の小物を作り、文化祭には一人で参加し、春になれば一人で新入生を勧誘していたのだろうか。

あの人の好さそうな三河の顔に隠された、辛い経験を想像すると、健太郎は胸が締めつけられる。

手芸部がなくなると、将来、困る子たちがいる――。三河があのとき頑張ってくれたから、手芸部は今も存続しているのだ。それならなおさら、三河は今の状況が辛いんじゃないだろうか。自分がそんな思いをしてまで守り続けた手芸部が、仲たがいで分裂し、バラバラに活動してしまい、さぞかし胸を痛めていることだろう。

やっぱり手芸部を何とかしたい――。

健太郎の中にふつふつと使命感が湧き上がった。

三河先生のために、手芸部を立て直してあげたい。六人が仲良く楽しく活動する、本来の部活に戻してあげたい。

でも一体どうしたら――。

湧き上がる気持ちとは裏腹に、アイデアは何一つ出てこなかった。六人の女生徒たちには、健太郎の唯一の武器ともいえる運動能力では、まったく太刀打ちできないのだ。

手芸部のアルバムには、去年の文化祭で撮影したらしい、集合写真が貼ってあった。その中で、塔子とチカは寄り添って楽しそうな笑顔を浮かべている。

このころの二人に戻してあげたい――。

策はないが、それでも何とかしてあげたいと、健太郎は切実に思った。

3章　アウトラインステッチ　ちょっと寄り添ってみる

階段を上がった先は秘密の花園だった。そこは健太郎のような野卑《やひ》な男が足を踏み入れてはいけないような、厳《おごそ》かな結界が張られているようだった。

ビル一棟が丸々手芸売り場になっている、蒲田の手芸専門店は、日曜日ということもあり、女性の買い物客であふれていた。一階は雑貨売り場もあるので、男性客もちらほらと見られたが、二階の手芸フロアはまさに女だらけの世界だった。下はショッキングピンクのTシャツを着た小学生の女の子から、上は白髪が目立つ年配の女性まで、全世代の女性たちがこのフロアに一堂に会しているようだ。

フロアにはビーズ、毛糸、布、刺繍、フェルト、レース、和裁、伝統工芸細工などなど、手芸にまつわるありとあらゆる材料とその道具が揃っていた。女性たちは自分の作りたい手芸ジャンルの売り場で、思い思いに買い物を楽しんでいる。ビーズ細工のコーナーでは、十代の若い女の子たちが集まり、毛糸コーナーでは、赤ちゃんのために編むのだろうか、ベビーカーをひいた女性が、柔和な笑顔を浮かべながら毛糸を選んでいた。

こ、こんなところに俺みたいな男が入って行っていいのだろうか——。

健太郎が階段の上り口で立ち往生していると、

「大山くーん、早く行こうよ」

後ろから階段を上がってきた紗英が声をかけた。

紗英に「手芸店に一緒についてきてほしい」と電話で頼んだのは三日前のことだ。

三河のためにも、手芸部の分裂状態を何とかしようと数日間、悩んでいた健太郎だったが、アイデアは何一つ浮かんでこなかった。そして最終的には、「ウジウジ悩んでも仕方ねえっ!!」と、悩むのをやめた。頭を使って策を練ることは向いていなかったので、体育会系の自分らしく、体を動かしてみようと思ったのだ。そこで思いついたのが「自分も手芸をやってみる」ということだった。ラグビーのことを何も知らない教師がラグビー部の顧問になったら、やはり部員は誰もついていかないだろう。同じように、手芸部の顧問だったら当然、手芸のことを知っておくべきだと思ったのだ。

しかし最初に手芸の何を知るべきか、さっぱりわからなかったので、紗英に相談してみたところ、「まず、手芸店に行ってみれば?」とアドバイスされたのだ。しかも一人で行くのが不安そうな健太郎に一緒についてきてくれるという。

そういうわけで、都内最大級の手芸雑貨が揃うと言われている、この蒲田の手芸専門店を訪れたのだった。

「ほわー、いろんなものが置いてあるんだなー」

健太郎があんぐりと口を開けながら店内を見渡していると、

「わーフェルト！　なつかしい～」

紗英が色とりどりのフェルト布が棚に並ぶコーナーを見つけ、嬉しそうに駆け寄る。

「望月さんも手芸やってたのか？」

「うん、中学のとき、こういうフェルトでぬいぐるみとかお守りとかを作ってたんだよー」

紗英が頬を染め、ウフフと笑う。やはり女の子にはみんな手芸をやっていた時期があるらしい。

「私も久しぶりにやってみようかなー」と、ぬいぐるみキットを眺めながら楽しそうにする。

今日の紗英は淡いピンクの花柄のチュニックに、Gパン、サンダルと夏らしい恰好をしている。いつものスーツ姿とは違い、大学時代に戻ったようなラフな格好で、健太郎は甘酸っぱい気持ちが込み上げてくる。

これは、はたから見たらデートなのだろうか――。

ハッと気づいた健太郎は、挙動不審にあたりを見渡す。

たしかにそうだ。年ごろの男女が手芸店で買い物を楽しんでいる。きっとデートに見えるに違いない。そう考えると、健太郎の胸は和太鼓のような激しい鼓動を鳴らし始める。しかし、即座にもう一人の自分が、そんな浮かれた自分を否定する。いやいや、俺のような男がこんなかわいい女の子とつき合っているなんて誰も思わないだろう。不釣り合いもいいところだ。

「それで大山君、何をやってみるの？」

紗英に聞かれて我に返る。

「うーん、どうするか……」

実は、何も考えていなかった。編み物は難しそうだし、チカたちのように服を作るのも無理だろう。あとはフェルトかビーズか……あてどなく店の中を歩いていると、

「あっ」

健太郎は棚のフックにかけられた四角いビニール袋の列に目が行った。そこは刺繍のコーナーで、透明のビニール袋の中にはいろいろな刺繍のサンプル写真が入っていた。その中に、塔子がよくやっている刺繍に似た、小鳥やうさぎや花などのかわいらしいデザインのものがある。

健太郎が思わず手に取ると、「それ刺繍キットだよ」と、紗英が教えてくれる。この中に布や刺繍糸や針などがすべて揃っていて、これを買うだけで、写真のような刺繍ができるらしい。

「この刺繍、すごくかわいいね〜」

健太郎の横から顔を覗かせた紗英が目を輝かせる。

「そうか？」

「うん、これ出来上がったら額縁に入れて飾れるやつなんじゃない？　お部屋に飾ったらすごくかわいいと思うよ」

刺繍を部屋に飾る――。健太郎はペットボトルと空缶と新聞紙が散らばっている畳敷きの自分のアパートを思い出す。どう考えても似合わないだろう。しかし――。

「この刺繍やってみようかな」と呟くと、

「ぜひやってみなよ！　私も教えてあげるから」

「そ、そうかっ！」

がぜんやる気が出てきた。

そのとき、棚の向こうに、見慣れたお団子頭が揺れるのが見えた。健太郎が覗き込んでみると、聡子とばっちり目が合う。

「ね、根本！」

「どーもー」

聡子は額を掻きながら気まずそうに頭を下げ、「こんなところで、偶然ですねぇ、エヘへ」と愛想笑いを浮かべる。雰囲気から察するに、どうやら健太郎と紗英の様子を伺っていたようだ。健太郎が何か言おうとすると、「じゃ、失礼しますっ」と、そそくさと雑踏の中に消えて行ってしまう。

紗英が不思議そうに健太郎を見た。

「誰？　今の子？」

嫌な予感は翌日、すぐに当たった。

「せんせぇ〜、昨日の女の人、彼女さんですかぁ〜？」

健太郎が被服室に入ってくるなり、聡子が声をかけてきた。塔子もメガネをキラリと光らせ、いつもうつむいている芽衣までも紅潮した顔をこっちに向けている。

後ろのテーブルのチカたちも、好奇心旺盛な猫のように、目をキラキラさせていた。この前、塔子たちとケンカして教室を飛び出したチカたちだったが、また、被服室に集まるようになっていた。やはり今後の文化祭に向けた活動を進めるためには、トルソーやミシンが揃っている被服室のほうがやりやすいと考えたようだ。

きっと今日は健太郎が来る前から、聡子と塔子と芽衣は、ずっとこの話題で盛り上がっていたのだろう。そして、チカと理子とまりなも、その話題に聞き耳を立てていたのだろう。

「ねえってば先生、昨日の女の人、彼女さん？」

答えあぐねている健太郎に、聡子がもう一回聞いてくる。

「ち、ちがうぞ」

「でも先生、超デレッデレで、嬉しそうだったじゃない」

「彼女じゃないんでしたらどういうご関係の方なんですか？」

塔子が芸能リポーターのように聞いてくる。

「えーっと……」

「友達ですか？」

「まあ、そうだ」

冷静を装わねばと思っても、どんどん顔が赤くなってしまう。

「あー片思いなんでしょ！」

健太郎のわかりやすい反応を見て、聡子が身を乗り出して指をさす。

「うう……」

「片思いなんですね！」

「ぎゃーっ大山先生、恋してたんだ！　その顔で!!　超ウケル――!!」

塔子と聡子がきゃあきゃあと手を叩きながら笑う。「顔は関係ないだろう！」と健太郎は心の中で突っ込んだ。

「ボスゴリ～どこで知り合ったの～？」

さすがに恋バナに我慢できなくなったのか、後ろのまりなが口を挟んできた。

「えーっと、大学の同級生だ」

「……どんな人なんですか？」

なんと寡黙な芽衣まで質問してきた。

すると、「見る見る〜？」と聡子が誇らしげにスマホを掲げる。

「根本！　写真まで撮ってたのか!?」

「もちろんだよ。こんなスクープ、撮らないわけないっしょ。じゃじゃーん！」

健太郎と並んでいる紗英の写真をわざわざ拡大する。塔子と芽衣は顔をくっつけるようにして、その画像を見た。チカと理子とまりなも後ろのテーブルから首を伸ばしている。

「綺麗な人じゃないですか！」

「すごい美人です」

「でっしょー？　リアル美女と野獣だよね」

なぜか聡子が自慢げだ。

「告白しないんすか？」

理子も鋭く切り込んでくる。

「い、いやーその……」

「できねーんじゃねーの？　ボスゴリじゃ、どーせ振られるだろ」

チカがズバリと確信をつくと、「だよね〜」と理子とまりなが即座に納得する。「おいっっ」と健太郎はまたもや心の中で突っ込んだ。

「でも一緒に蒲田まで買い物に行ってくれてるってことは、それなりに好意があるんじゃないですか？」

「そ、そう思うか？　町田！」

「えー、でも大山先生はデレッデレだったけど、相手の人はフツーにしてたよ」

「そ、そうだったか、根本……」

塔子と聡子の言葉に一喜一憂の反応を見せてしまう。

「やはり女の人は好きじゃない男とでも休みの日に会ったり、買い物につき合ったりするものなのか……」

「あたしは好きじゃないやつとは買い物には行かないっす」

「えー、まりなは別に好きじゃなくても買い物ぐらい行くよ〜」

理子の意見にまりなが反論する。

「あたしは行かねぇな、男と買い物なんて面倒くせぇし」

「私も大山先生みたいなタイプとは行きません」

チカが顔をしかめて呟くと、塔子がキッパリと言い切った。

「……」

冷静に考えると、いろいろ酷いことを言われているような気もするが……でも、不思議と嫌な気分はしなかった。ついこの前の、背筋も凍る分裂状態から比べれば、こんな穏やかな雰囲気は大歓迎だ。

しかし女の子は不思議だ。

健太郎は苦笑しながら、教室の前と後ろで笑い合っている女の子たちを見渡した。

この前は健太郎を無視していたかと思えば、普通に話しかけるようになるし、激しく罵《のの》り合っていたのに、今は恋バナで全員が盛り上がっている。女心と秋の空とはよく言ったもので、彼女たちの感情や行動は、いつも健太郎の想定を軽く超えてくる。

自分の恋愛話がネタにされるのは、教師としていかがなものかと思うのだが——それでもこんな空気になるのならちょっとは許せる気がした。


そうしているうちに、あっという間に夏休みに突入した。健太郎にとって、教職について初めての長期休暇だ。

しかし、教師はゆっくり休むことなどできなかった。昔なら生徒たちと同じように長い休みが取れていたのだが、今の教師はむしろ夏休み期間のほうが、授業があるときよりも忙しい。平日はほぼ毎日、学校に行かなくてはいけないし、教員同士で研修をしたり、二学期の授業の組み立てを考えたり、教育委員会相手の模擬授業をしたりと、やることがたくさんあるのだ。

最初の一週間は、そんな忙しいスケジュールをこなすのに精いっぱいだったが、慣れてくると時間のやりくりができるようになったので、健太郎はこの前買った刺繍キットを始めてみることにした。

「よしっ、やるぞっ！」

家に帰った健太郎は、さっそく刺繍キットの袋を開けてみる。

中には、白い麻の布と、針と、その刺繍を完成させるための全色の刺繍糸と、刺繍の刺し方が書いてある説明書が入っていた。麻の布の表面には、あらかじめグレーの線でデザイン画がプリントされている。その線に沿って、指定されたステッチを刺して行けば完成するというわけだ。

完成写真がラッピングの表に載っていた。九分割で四角いエリアが分けられていて、それぞれの中に花や小鳥やうさぎなどかわいらしい刺繍が入っていた。どれもシンプルな線ばかりで、見た限り、そんなに難易度が高そうには見えなかった。ラッピングの隅には『初心者用』と書かれている。これなら余裕で作れそうだ。

「えーとまずは刺繍糸を針に通すのだな……」

針穴に糸を通すのは、小学校の家庭科の授業で習ったことがある。

「あ、あれ？」

しかし、なかなか針穴に刺繍糸が通せなかった。刺繍糸は、六本の細い糸が束ねられ、一本の太い糸のようになっている。それを穴に通そうとするのだが、一、二本だけ通るけど、他のが手前でぐにゃりと曲がってしまったりと、何度挑戦しても、六本すべてを通すことができなかった。また健太郎の太い指では、細い針を持つだけで一苦労だった。

「んぐぐぐ――っ」

こ、こんなに針穴に糸を通すことが難しかったとは！　焦れば焦るほど手にどんどん汗をかいてしまい、ますます針が滑ってしまう。

健太郎はこの日二時間も、針と刺繍糸と格闘するはめになった。


手芸部は週一回、水曜日だけが夏休みの活動日になっていた。部員たちはこの日だけは被服室に集まり、自分の作品の進捗状況を報告したり、上手くできていない作品を上級生に相談したりする。文化部なので、夏休みまでわざわざ学校に来て活動しなくてもよさそうなのだが、二学期が始まると文化祭まではあっという間なので、夏休み期間の準備がとても大切なのだそうだ。夏休みの部活動には顧問が立ち会わないといけないので、健太郎もこの日は被服室に顔を出していた。

「ぎゃはは、先生何やってんの？」

七月下旬の水曜日。教室に集まった塔子たちのグループに、針穴に刺繍糸が通せないことを相談すると、聡子に腹を抱えて笑われた。この午前中の時間帯は、塔子、聡子、芽衣だけが部活に来ていた。冷戦状態が続いているチカたちのグループは、やはり顔を合わせたくないらしく、午後からの集合にしていた。朝の九時から昼の一時過ぎまで塔子たちが活動し、塔子たちが解散した午後の二時ごろから、チカたちは集まることにしたようだ。

「刺繍糸を針穴に通せなかったときはこうやるんです」

塔子が実演してみせる。まず、刺繍糸を折り曲げて針にひっかけ、しっかりと折り目をつけたあと、その折り目の部分を穴に差し込むと簡単に刺繍糸が針穴の中に通せるのだ。

「そうだったのかぁぁ！」

健太郎は感嘆の声を上げる。

塔子から玉結びの作り方も教わり、「よーし始めるぞっ！」と張り切って布に針を刺そうとすると、「ちょい待ち！」と聡子に止められる。

「これって三本どりじゃん」

刺繍キットについていた図案説明書を見ながら言う。

「なんだ？　三本どりって」

「刺繍糸を三本だけ使いなさいって指示です」と塔子が言う。

刺繍糸は六本の細い糸からできているが、どうやらその六本をすべて使うわけではないらしい。デザインに合わせて、刺繍糸の本数を調整していくのだ。図案説明書の上には、『このキットは刺繍糸三本どりで刺します』と書いてあった。

「三本どりってどうやるんだ？」

「……」

塔子にフゥと小さく息を吐かれ、健太郎は肩をすぼめる。

塔子は刺繍糸を真ん中で二つ折りにして、一本ずつ、細い糸を抜き出した。その抜き出した三本を束ねて揃え、一本の刺繍糸にする。

「これが三本どりです。これを針に通してください」

「ありがとう。悪いな、みんなの作業を邪魔してしまって」

いつになったら布に針が刺せるのかと気が遠くなりかけたが、やっとその瞬間が訪れたようだ。よし、行くぞっ！　健太郎は勢いよく布の真ん中の図案にブスリと針を刺す。

すると、塔子と聡子と芽衣が一斉に声を揃えた。

「ちが――うっ！」

「ええっ」

「その色は535だからっ、そこじゃなくって、右下のリボンの図案に刺さないとダメなんです」

「もう、ちゃんと図案説明書見てんの？　535はチェーンステッチって書いてあんでしょ！」

「えっえっ」

５３５だのチェーンステッチだのわけがわからない。

再び図案説明書を見ると、右下のリボンの図案に、たしかに５３４番をチェーンステッチで刺すようにと指定されていた。この三桁の番号は、刺繍糸の色の番号のことだった。九分割の中の図柄を完成させるためには、様々な色の刺繍糸と、様々な刺繍のステッチを、図案説明書の指定通りに刺さないといけないのだ。

「とりあえずランニングステッチから始めたらどうですか？　一番簡単ですから」

塔子が「ここです」と指差したのは、九分割を作っている線の部分だった。

「ランニングステッチ……」

健太郎は説明書に図解されているランニングステッチの刺し方を確認する。針を入れたり出したりしながら点線のような線を描くステッチだった。

「ランニングステッチは４５３だから、ほら、やり直し！」

聡子が４５３と書かれたグレーの刺繍糸を差し出す。

「うう……」

もう一回、三本どりで針穴に通す作業から始めないといけなかった……。気が遠くなりそうだ。

「ギャハハ、ボスゴリが刺繍!!」

「超キモイんだけどー!」

午後からやってきたチカたちにも刺繍キットを見せると、案の定、手を叩いて大笑いされた。まりなは夏休みに入ってさっそく海に行ったようで、半袖のブラウスからは小麦色の肌が覗いていた。逆に、理子は長袖のブラウスのままで、「暑くないのか?」と聞いてみたら、「半袖持ってないんす」と冗談を言われた。まあ、日焼けが嫌で、ずっと長袖の子もいるから、そっちの理由なのかもしれない。三人は一応制服は着ているが、教師の目が光っていないせいか、格好はかなり派手になっていた。襟元のリボンは外しているし、チカは中にハイビスカス柄のTシャツを着ているし、まりなは頭にピンクのド派手な花のヘアゴムをつけているし、理子のマニキュアは3Dのデコレーションになっている。

「でも、もう針穴に刺繍糸を通せるようになったんだぞ」

馬鹿にされた健太郎はちょっと自慢してみた。

「そんなの一瞬でできるっす」

「ラ、ランニングステッチだって習得したぞ」

「そんなの基礎の基礎だよ～」

「ううっ」

「てゆーかさー、頼むからあたしの視界に入ってくんなよ」

チカは苦笑しながら、しっしっと手で払うしぐさをする。「そんな図体で刺繍してんの見たら、笑っちまって縫製《ほうせい》ができねぇから」

「言えるーボスゴリ見たら吹き出しちゃって、縫製が曲がっちゃうよね～」

「たしかにっ！」

夏休み期間は塔子たちと顔を合わせることがないせいか、三人はいつも以上に明るく元気だった。美術室にいるときの調子が戻ってきたようだ。

チカはまち針で型紙を布に固定すると、裁ちばさみを使って布の裁断を始める。理子とまりなは棚に置いてあったミシンを取り出し、ミシン糸を取りつけると、カタカタと小気味よい音を鳴らしながら縫製を始めた。

健太郎はそんな三人を微笑ましく見つめる。

おしゃべりは多いし、服装もだらしないが、ファッションショーに向かう気持ちは真剣なようだ。こんな暑い夏休みの日中に、三人は欠けることなく被服室に集合している。いつも遅刻してくる理子は、夏休みに入ってからは一番乗りで教室に来ていた。

〝文化祭は手芸部にとって、一年に一度の晴れ舞台なの〟

先日、三河と電話で話した言葉を思い出す。

ずっと運動部に所属していて、節目ごとの大会をめがけてトレーニングに明け暮れていた健太郎にとって、文化祭というのはあまり重要なイベントではなかった。部でやっていたことといえば、お遊びのお化け屋敷や、屋台くらいだった。しかし、文化部の子たちにとって、文化祭はまさに一年に一度の、一世一代の晴れ舞台なのだ。手芸部顧問になって、健太郎は初めてその重みを知った。手芸部の子たちの熱心さには、文化祭にかける思いがひしひしと伝わってくる。

チカたちが健太郎の言いつけに従って、被服室で作業をするようになったのも、塔子たちは嫌いだが、それでも文化祭を成功させるためには、被服室で作業をしたほうが得策と考えたからなのだろう。文化祭のためなら、そういう我慢もできるのだ。

健太郎はなるべく三人の目につかないように、少し離れた席に座り、刺繍の続きを始めた。

「昨日のミュージックボックス見た？」

「見た見た！　ゲストの愛ちゃんの服、超かわいかったね〜！」

「ああいう服も作ってみたいよなぁ」

「チカさん、作って作って〜！　まりなあんな服着てショーに出たーい」

週一回の活動ということもあり、三人は一週間分のおしゃべりが溜まっているようで、いつも以上によくしゃべる。

健太郎はその三人のおしゃべりをBGMに針を進めた。やっとランニングステッチの一面が終わりそうなところだった。最初は四苦八苦していたのだが、布に針を刺していく、それだけの単純な作業なのに、不思議と気持ちがわくわくしていく。針を進めたあとには、色鮮やかな刺繍糸が白い布に描かれていった。

「で、できたっ！」

そしてついにランニングステッチでぐるりと四方の縁《ふち》を縫うことができた。

「へぇーすごいじゃんボスゴリ。見せて見せて」

まりながやってきたので、健太郎はどうだと言わんばかりに布を見せる。

「えーなにこれ……」

てっきり褒められるかと思いきや、まりなは健太郎の刺繍を見て、顔をしかめた。

「すっごい曲がってる！」

「指定通りに針を刺してないっす」と理子。

「ええっ」

思わぬ悪評に健太郎は慌てた。たしかに指定のライン通りに点線は入っていないし、ところどころはみ出している。しかし今の健太郎にはこれが精いっぱいだ。

「やり直せ」

健太郎の刺繍を一瞥《いちべつ》したチカが、冷たく言った。

「し、しかし、一応これもランニングステッチだし、いいんじゃないか？」

ここまでのステッチを完成させるために何時間かかったというのだ。健太郎は抵抗を見せたが、

「そんなの刺繍じゃねぇ」

チカは裁ちばさみの刃を健太郎に向けながら、目を吊り上げた。

「手芸をなめんなよ」

「うっ」

せっかく刺した刺繍をほどかないといけないなんて……。ずしりと肩に疲労感がのしかかる。

「そんなに嫌ならやめちまえ」

健太郎の反応を見て、チカがフンと鼻をならした。「ボスゴリは存在自体が暑苦しいのによ、刺繍なんかしてんの見たら、こっちはもっと暑苦しいんだよ」

「そうそう。刺繍なんて、ボスゴリには向いてないっすよ」

「うん、この先もっと難しくなるし、やめたら？」

「……やり直すよ」

健太郎は布を返してもらいながら言う。

彼女たちの言い分もよくわかる。下手くそだし、騒ぐし、大男が刺繍なんて気持ち悪

いのだろう。でもここでやめてしまうのは悔しかった。やめろと言われると逆に燃えるのは、スポーツマンの悲しい性なのかもしれないが、手芸部顧問としては、手芸から逃げてはいけない気がした。

「よおーしっ！」

健太郎は気合を入れ直すと、裁ちばさみを握り、縫いつけた刺繍糸にはさみを入れる。すると、布も一緒にバサリと切れ、大きな穴が開いてしまう。

「ああ――っ！」

「何やってんの？　刺繍糸は糸切りばさみで切るんだよ～」

「なに裁ちばさみなんか使ってんすか！」

「それでも手芸部顧問か。もうやめちまえ！」

また三人の罵詈雑言が降ってきた。

「ううう……」

もう一度、蒲田まで刺繍キットを買いに行かなくては……。健太郎は本当にやめたくなった。

「いでてっ！」

深夜のアパートで健太郎は声をあげる。また針を指に刺してしまった。これで何度目だ。あれから蒲田の手芸店まで再び買い物に行って家に戻り、ランニングステッチをやり直していた。しかりやはりなかなか先に進めない。

何度やり直しても、指定のライン通りに点線が刺せなかった。正直、刺繍がこんなに難しいとは思わなかった。指は痛いし、チカたちの言う通り、もう投げ出したい気分にもなる。

そのとき、健太郎のスマホが着信音を鳴らす。

『六山君どのくらい進んだ？』

紗英からのメールだった。最近、紗英は進捗状況を聞きに、頻繁にメールしてくれるようになった。そして、『私はここまでできたよ！』と、一緒に買ったミニチュアダックスフンドのぬいぐるみキットの進捗状況も、写真を送って見せてくれる。紗英は順調なようで、ぬいぐるみの顔と胴体がもう出来上がっていた。

実は、これがあるから、辛いけど刺繍をやめたくなかった。この刺繍キットは紗英と選んだものだし、紗英も完成を楽しみにしているのだ。

俺も写真に撮って送ろうか。健太郎は考えたが、汚いランニングステッチを見て、思いとどまった。こんなものじゃ送れない。目はガタガタだし、もっと綺麗なステッチを紗英に見せてあげたい。

最初からやり直しだ！　健太郎はもう一度、刺繍糸をほどく。

慎重にと、自分に言い聞かせ、深く息を吐いてから、再び針を布に刺す。

均一に、綺麗に針を進めるためには、心を落ち着かせなければならない。雑念を捨て、ひたすら針を刺し続けるのだ。針を刺して抜く、刺して抜く、無心にこの単調な動作を繰り返す。すると健太郎は、不思議な感覚に陥ってきた。自分が自分でないような、何か不思議な力で動かされているような感覚にとらわれた。

これが〝無〟になるということなのだろうか。スポーツ用語で言えば、不安や恐怖心が消え、自分の最大限のパフォーマンスが発揮できる、ゾーンの状態に入ったということだろうか。

何も考えず、ただただ夢中で針を動かした。それだけで楽しくて止まらなくなり、空腹も眠気も感じなかった。

「できた！」

そしてついに、九分割のランニングステッチが完成した。指定通りの点線に沿っていて、ラインもはみ出していない。我ながら綺麗なステッチだった。

ふと、窓辺の眩しさに目をやると、住宅街の屋根の上を鮮やかなブルーの空が彩り、建物の隙間から朝日が昇り始めていた。窓を開けると、早朝の涼しい風が流れ込んでくる。

いつの間にか夜が明けていた。昨日の夜から何も食べず、眠らずに朝を迎えてしまった。でも不思議と疲労感がなく、心も体もスッキリしている。

そうか、手芸ってこんなに楽しいものだったのか。健太郎は満足そうに、麻の布に描かれた九分割のラインを目の前に広げた。

これを今すぐ、紗英に見せたくなった。

こんな早朝にとは思ったが、健太郎はスマホで写真を撮り、紗英にメールを送ってみる。

すると、一分も待たないうちに、着信音が鳴った。紗英からだ。こんな早朝に紗英も起きていたのか。健太郎がメールを開くと、

『ランニングステッチ制覇おめでとう！　すごいよ‼　やっぱり、大山君はまじめにコツコツ頑張るから、刺繍が向いてるんだね！』と書かれていた。

その文面を見ただけで、胸に温かいものが込み上げてくる。

うん、頑張ろう。もっと頑張ろう！　健太郎は朝日に向かって思いっきり伸びをした。

「刺繍って楽しいな。やってると心が落ち着く感じがするよ」

水曜日、一番乗りで被服室にやってきた塔子に声をかけると、塔子も嬉しそうに微笑む。

「そういうの、クラフトセラピーっていうんです」

「クラフトセラピー？」

「何かを作っているときって、夢中になって頭が空っぽになるじゃないですか。だから悩んだり落ち込んだりしているときに手芸をすると、悩みを忘れられるし、作品が完成すると、達成感で気持ちがスッキリするんです」

「なるほど、手芸で心を癒すというわけだな」

「はい」

「手芸っていいもんなんだな」

健太郎が呟くと、塔子はふと寂しげな表情をして、「芽衣ちゃんも手芸に助けられているんです」と言う。

「芽衣ちゃん、ああいう激しい人見知りだから、なかなか友達ができなくて、いつもクラスで一人みたいなんです」

「そうみたいだな……」

健太郎は一年C組の副担任で、芽衣は隣のB組だった。教室を何気に覗くと、いつも一人で黙々と手芸をしている姿を目にしていた。

「おはようございまーす！　今日もあっついねー！」

「……おはようございます」

そのとき、聡子と芽衣が入ってくる。

「こんなに毎日汗かいたら、さすがのあたしもちょっとは痩せるかなーって思ってんだけど、むしろ太ってんの！　どういうこと？」

「それはよく食べるからでしょう」

「そのとーりっ！　夏って食べ物が美味しいんだもん！」

「聡子ちゃん年中そう言ってない？」

「そお？　ねっ部活終わったら、アイス食べに行こうよ！」

「……行きたいです」

三人で行こう行こうと言いながら作業を始める。芽衣はベージュのフェルト人形を鞄から取り出した。それはこの前、理子とまりなに暗いと言われ、作るのを止めていたものだった。もう毛糸の髪の毛がつけられていて、顔も出来上がっていた。

「大塚、よくできてるな」

健太郎が声をかけると、芽衣は少し顔を上げてはにかむ。一ヶ月前まではうつむいて目も合わせてくれなかったから、かなりの進歩だ。

手芸っていいもんだな。

健太郎はしみじみ思った。

きっと芽衣は、手芸によって学校に居場所が見つけられているのだ。芽衣のように人との距離を縮めるのに時間がかかる子は、学校に通うこと自体が大変なのかもしれない。

それでも芽衣は毎日休まず学校に来ていた。手芸のおかげで、塔子や聡子という仲間と出会えたからだ。こうやって共通の趣味の話ができれば、芽衣の人見知りの殻は少しずつ外れていき、もっと仲間が増やせるのかもしれない。芽衣にとって、手芸は人との距離を縮めることができる大切なツールなのだ。

無理しなくてもいいから、このままゆっくりと、芽衣のペースで、クラスメイトとも打ち解けるようになってくれればいいと思う。その合間を埋めるのに、手芸が役立ってくれればいいのだ。

三人が作業を続けるのを見届けて、健太郎も刺繍を始めた。九分割のラインが出来上がり、昨日からいよいよ左上の一つ目のブロックに取りかかっていた。頭の上にハートを浮かべた熊の顔の図柄で、初めてのアウトラインステッチだ。

アウトラインステッチは、刺繍糸を前に刺した糸と少しだけ重ねながら進めていく。ハートマークの下の部分は直線なのでそれなりにできたが、上半分の曲線パートになると、どうしても目がガタガタしてしまう。しかも刺繍糸を重ねるように針を刺すので、うっかり前の三本どりの糸の中に針を入れてしまうと、刺繍糸がゆるんで飛び出てしまい、やり直しになる。慎重に進めないといけないのだ。

落ち着いて、丁寧に、少しずつ――。

いつの間にか健太郎は作業に没頭していた。ハートマークが出来上がると、その下の熊の顔に進む。今日は順調だ。塔子も聡子も芽衣もそれぞれの作業に夢中になり、いつしか教室が静まり返った。蝉《せみ》の鳴き声も、運動部のかけ声も気にならなくなり、静寂の世界に包まれていく。でもその沈黙は、まったく苦痛にならなかった。むしろ心地よいほどだ。それぞれが違うことをやっているのだが、みんなで好きな手芸に打ち込んでいるという、不思議な一体感があった。

「で、できたっ！」

健太郎は声をあげた。ついに一つ目のブロックの図柄が完成したのだ。アウトラインステッチのハートマークと熊の顔が、見事に決まっていた。こんなに早く出来上がるなんて、かなりの進歩だ。

やっぱり紗英の言う通り、俺に刺繍は向いている！　ランニングステッチに次いで、アウトラインステッチも制覇したぜっ！

「いや～手芸って楽しいなぁ！」と健太郎が爽快感たっぷりに言うと、

「……大山先生」

芽衣が遠慮がちに声をかける。

「お、大塚、何だ？」

「そのステッチ間違ってます」

「ええっ？」

「あー先生！　熊ちゃんの顔はボタンホールステッチだよ！　なんでアウトラインステッチで刺しちゃってんの！」

聡子が図案説明書を見ながら呆れる。

「ええーっ!!」

「先生、また図案説明書、ちゃんと見てなかったんですね……」

塔子が冷めた目で見ている。

「うう……」

健太郎はがくりと肩を落とした。

「またやり直しかぁ……」

もう何度目のやり直しなのだ……自分はなんでこんなに学習能力がないのか……。健太郎が嘆くと、芽衣がうつむき肩を震わせる。そして、クスクスとした声が漏れた。芽衣が笑っていたのだ。

健太郎は驚いてその姿を見た。

大塚が、初めて笑顔を見せてくれた！　健太郎は胸の奥から嬉しさが込み上げてくる。

この笑顔が見られただけでも、自分の失敗を帳消しにできた気分だ。

「よーしっやり直しだあっ！」

健太郎が元気に叫ぶと、「うるさいですっ！」と塔子に叱られた。

窓の外を見上げると、入道雲の合間を縫って、白い飛行機雲が綺麗に流れていた。ミンミン蝉の声も夏の盛りを謳歌するように元気だ。

刺繍の完成は、気が遠くなりそうなくらい先のようだった。でもそれでいい。まだまだ夏は長いのだ。ゆっくり進めて行ければいい。

今日はどこまでできるかわからないけど、部活が終わったら、さっそく紗英にメールで報告しようと思った。

4章　バックステッチ　さがりつつも前へ

九月に入るとやっと暑さが一段落し、朝夕の涼しい風に秋の訪れを感じるようになった。しかし高校生たちにはそんな風情を堪能する余裕はないらしい。

九月末には体育祭がある。

水之江高校は生徒も先生も祭り好きが多いようで、毎年体育祭が盛り上がるという。生徒たちだけで組織された体育祭実行委員会が、半年前から企画・運営を進めているが、二学期が始まると、いよいよそれが本格的に稼働し始めるのである。よって生徒たちは、予行練習やリレーの選手決めや、学年ごとに披露する演目の練習などに追われ、浮かれつつも落ち着かない毎日を過ごすことになる。健太郎も教師として初めて迎える二学期で、ただでさえ慣れない毎日なのに、体育教師であるので、当然、体育祭も中心的に関わらないといけなくなっていた。授業の合間を縫って予行練習を取り仕切ったり、一年の男子は組み体操を披露するので、その全体指導をしたり、放課後には体育祭実行委員との打ち合わせをしたりと、大忙しの毎日を過ごしていた。

このため、手芸部に毎日顔を出すことができなくなっていた。しかしこちらはこちらで、にわかに慌ただしくなっていたのである。

夏休みが終わると、塔子とチカたちは再び同じ被服室で作業をするようになった。夏休み前のように、いがみ合うことはさすがになくなっていたが、かといって、仲良くなったわけでもなく、ただ、その場所に一緒にいるだけで、顔も合わせず、会話もせず、それぞれで作業をしていた。冷戦状態は継続中というわけだ。

しかし、もう睨み合ってケンカしている場合ではない、というのもあった。文化祭まで二ヶ月を切っていたのだ。水之江高校の文化祭は、毎年十月の最終週の土日で開催されていた。塔子たちは例年通り、教室を一室借りて、自分たちの作品の展示と小物を販売する予定だった。このため、教室がそれなりに埋まるくらいの展示物と販売物を、部員三人で揃えないといけないのである。

しかし塔子たちよりもっと大変なのはチカたちのほうだった。ファッションショーという、今まで誰もやったことがないイベントをやろうとしているのだ。ファッションショーは服を作ればそれでできるというわけではない。ショーの構成や、音楽、照明など、服を魅せるための演出も考えなければいけないのだ。

またモデル集めも大変だった。ファッションショーは体育館の舞台を使ってやる予定だが、そこは演劇部や軽音部や合唱部なども演目を行うので、手芸部に割り当てられた時間は三十分だった。チカはその時間、ショーを続けるためには服は少なくとも六十着は必要で、一人で三着着てもらうとしてモデルは二十人と考えていた。このため、理子とまりなが友人たちに一生懸命声をかけて、モデルを募っている最中だった。

やることがあまりにも多すぎて、三人は手いっぱいになっていたのだ。

そのしわ寄せが、服作りのほうにきていた。ショーには六十着の服がいるが、今現在で完成した服は二十着にも満たなかった。理子とまりなが洋裁をするのが初めてだったので、進みが遅く、失敗を繰り返し、何度もやり直していたせいもあるが、チカもショーで魅せるためには、それなりのものを作りたいと思うせいか、せっかく縫い上げても納得がいかず解《と》いてしまうこともあった。また、服のほとんどはフリーサイズで作っていたが、モデルによっては縫製を変えていかないといけないので、その調整も大変だった。

体育館の催し物については文化祭実行委員が取り仕切っていて、ファッションショーの照明や舞台セットは演劇部の生徒が、音響は放送部の生徒が手伝ってくれることになっていた。チカは服を作る合間を縫って、それぞれのセクションと打ち合わせをしなければいけなく、こちらも大変なようだった。

「ざけんなっ！」

ある日、健太郎が被服室に入ると、チカの怒号が飛んできた。

「そんなこと言っても、こんなセットなんて作れないよ」

「そうだよ。たいした予算も組んでないんだしさ」

演劇部の男子二人が困ったように言う。どうやらファッションショーの舞台セットのことでもめていたらしい。自分たちの舞台の準備を優先させたいからと、チカが頼んでいた舞台セットを、今になって簡素なものにしたいと言ってきたのだ。

「今さらそんなこと言うんじゃねぇよ！　こっちはあてにして演出プラン考えてんだよ！」

「何だと！」

「気に食わないなら他の奴らに頼めばいいだろー」

「やめろ」

チカが男子生徒たちに掴みかかろうとしたので、健太郎は慌てて間に入った。

「落ち着いて話し合え」

「こっちは冷静に話してるのに、長島がすぐにキレるんですよ」

男子生徒たちは口をとがらせる。

今日は冷静な話し合いができそうにないので、男子二人には帰ってもらった。

「くっそう！」

チカはイライラが抑えられないようで、近くにあった丸イスを蹴飛ばす。

「長島、落ち着け」

「うるせえよっ」

健太郎はやれやれと肩をすくめた。

理子とまりなはその横で、必死でミシンを動かしている。二人ともチカを気にしつつも、気遣う余裕がなかった。三人集まればくだらない話をして、いつも盛り上がっていたのだが、最近はすっかり影を潜めてしまっている。

「……」

そんなチカたちを、塔子は前の席から横目で見ながらも、いつものように自分の作業を続けていた。こちらは三人とも順調で、文化祭までには作品も販売物も揃いそうだった。

塔子たちが少しでも、チカたちの作業を手伝ってくれればいいのだが――。

健太郎は思う。しかし自分から進言しても、今までの展開を考えると上手く行きそうになかった。現に、塔子はチカたちの状況を知りながらも一切声をかけなかったし、チカもてんてこまいになりながらも一切、塔子に協力を求めなかった。

そんな悶々《もんもん》とした閉塞感を抱えていた手芸部だったが、嬉しい報せが届いた。

胃潰瘍で入院していた三河が退院したというのだ。まだ自宅療養が続くので学校への復帰は先になるが、それでも心配していた健太郎と手芸部の子たちにとっては、飛び上がらんばかりの朗報だった。

「みんなでお見舞いに行くか？」

健太郎が声をかけると、全員が「行くっ」と大きく頷く。

こうして九月半ばの土曜日に、みんなで三河の家を訪れることになった。その日は快晴で、陽のぬくもりが心地よく、外出にはもってこいのいい天気になった。三河の家の最寄り駅に到着した健太郎が改札を抜けると、すでに手芸部の六人は勢揃いしていた。遅刻常習犯の理子までもう来ていて、「ボスゴリ遅いっす！」と逆に怒られる。みんなの表情はいつにも増して明るかった。

徒歩で十数分のところにある閑静な住宅街に、三河の家はあった。小さな中古住宅を購入したと前に聞いたことがあったが、とても三河夫婦らしい暖かな風合いの一軒家だった。門には手作りらしい『ＭＩＫＡＷＡ』の表札があり、玄関前の庭にはコスモスやハーブの花が咲き、うさぎの置物や巣箱の飾りがあり、イギリスの片田舎にある家のようなかわいらしさだ。

「わぁ、みんな久しぶり！」

ドアを開けると、三河が出迎えてくれた。大きめのパーカーを着ているせいか、ちょっと痩せたように見えるが、顔色は入院していたときよりも、はるかに良くなっていた。

「先生〜〜」

六人がいっせいに歓声をあげ、三河を取り囲んだ。

一階のリビングに通されると、健太郎はなぜかホッとした気持ちになった。室内は手芸好きの三河らしい手作り小物にあふれていて、壁には刺繍やリースが飾ってあり、テーブルクロスもクッションカバーも手作りだった。三河の優しい世界にまた触れられたようで、健太郎は無意識に安心していたのだ。そして、自分が今までいかに一人で気を張っていたのか、ということに気づかされた。

夫の武志が、健太郎たちに紅茶を淹れてくれる。

「みんなごめんね、心配かけちゃって」

三河が謝ると、健太郎を含む全員が「全然大丈夫です！」と首を振った。

「先生、寂しかったよ～」

聡子が冗談っぽく泣きまねをしながら三河に抱きつくと、まりなも「先生、会いたかったよぉ」と顔を綻ばせながら三河の手を握ってぶんぶん振る。

「お元気そうで安心しました」と塔子が微笑むと、「うん。先生、よかったな」とチカも頷く。

家の前までは、会話もなく離れて歩いていた塔子とチカだが、リビングに通されてからは並んで座り、明らかに三河の前で仲が良いふりをしていた。そんな二人を見つめる三河も、嬉しそうに目じりを下げている。

三河はまだ通院が続くのだが、このまま順調にいけば近いうち、学校に戻れるようになるという。

「もうすぐ復帰するから、みんなも文化祭に向けて頑張ってね」

三河はそう言うと、塔子とチカの顔を交互に見つめ、「大変だけど、二人で頑張って、手芸部を盛り立ててね」と二人の手を握った。

「はいっ」

塔子とチカは元気よく声を揃える。

その真剣な眼差しに、三河の文化祭にかける思いが伝わってくる。文化祭は手芸部の年に一度の晴れ舞台なのだ。一人で手芸部を守り続けたOGとしても、生徒思いの先生としても、何としても三河は文化祭を成功させてあげたいのだろう。

それなのに――。いまだ塔子とチカは仲たがいをしたままで、三河に偽りの姿を見せている。そう思うと、健太郎はいたたまれない気持ちになる。

そんなことを知らない三河は、塔子とチカの顔を見て、満足そうに頷くと、健太郎に向き直り、「大山先生も、よろしくね」と言った。

「任せてくださいっ！」

健太郎は声を張りあげ、ドン！　と胸を叩いた。その姿を見て三河はフフフと、人の好い笑顔を久しぶりに見せてくれた。

三河の家を出ると、六人はバラバラに歩き始めた。聡子は芽衣と、理子はまりなと自然と並び、チカは一人で先頭を歩き、塔子は一番後ろを歩いていた。

「町田」

塔子の後ろを歩いていた健太郎が、呼び止めた。塔子は足を止め、無表情に振り返る。

「三河先生、町田と長島が仲良くしてるのを見て、すごく嬉しそうだったじゃないか」

「……そうですね」

「先生は文化祭を楽しみにしているぞ」

「はい」

「俺は、三河先生のために文化祭を成功させたいと思っている」

「私もそう思います」

「だったら……長島たちに協力してくれないか？」

健太郎は思い切って、そう切り出してみた。やはりあの三河の嬉しそうな顔を見ると、このまま二人を、手芸部を放っておくわけにはいかなかった。

「長島が今、大変なのわかるだろ？　あの三人でファッションショーの準備をするのは難しいと思うんだ」

「……」

塔子は何も答えず、遠くに離れた部員たちを眺めている。健太郎は隣に並んで歩いた。

「夏休みに、町田がクラフトセラピーの話をしてくれただろ？　手芸をすることで心が癒されるって、人見知りな大塚も手芸に助けられているって」

「はい」

「あれな、上条も同じだと思うんだよ」

「……？」

塔子は不思議そうに顔を上げ、健太郎を見る。

「上条の担任の先生に聞いたんだけどな、上条、本当は高校に行きたくなかったらしい。だけど親に泣きつかれて、仕方なく進学したんだってさ」

「……そうだったんですか」

だから理子は高校生活も勉強も楽しいと思えず、授業を休みがちなのだ。

「町田も気づいてるかもしれないが、上条、いつも左手首にリストバンドしてるだろ？」

「そうですね」

塔子は顔を上げ、はるか先の、まりなと並んで歩いている理子を見た。理子がだるそうに伸びをすると、ロングTシャツの袖に隠れた左手首の白いリストバンドがチラリと見える。

健太郎は夏休みの間にそのことに気づいた。

理子は夏の暑い中も、ずっと長袖でいた。最初は日焼けを嫌がっているのかと思ったが、よく見ると、左の手首にリストバンドをしていたのだ。健太郎は大学時代、少年少女の非行防止のための夜回りボランティアをしていたとき、そんな子供たちを何度か見たことあった。きっとリストカットの跡があるのだ。

もしかしたら中学時代に、耐え難いほどの辛いことがあったのかもしれない。今の理子は明るく元気なので、過去のことを詳しくは聞けないのだが、そんなことが想像できた。チカもまりなもなんとなく気づいているようだが、それでも二人は、理子に詮索することなく、普通に接し、冗談を言い合い、ありのままの理子を受け止めている。だから理子にとって手芸部は居心地がいいのだ。

理子は授業はサボるが、部活はまじめに参加していた。夏休みの手芸部の活動日だって欠かさず来ていて、しかもいつも一番乗りだった。

教師として不謹慎と思われるかもしれないが、高校に通う目的が部活だけになっても、高校をやめてしまうよりははるかにいいと思っている。せっかく入学したのなら、やはり高校は卒業しておいたほうが将来のためにもなる。

「上条にとって、服を作ることが、ファッションショーをやることが今の自分の支えになってるんじゃないかな。大塚と同じなんだよ。洋裁が好きで、それに支えられているんだ」

か？」

「みんな同じだろ？　辛いことがあっても、手芸があるから頑張れてるんじゃないの

塔子にも思い当たるところがあるようで、クールな横顔が少し歪んだ。

「みんな手芸が好きな、何かを作ることが好きな仲間たちなんだろ？　だったら、そんなみんなが協力してまとまったら、もっと楽しいと先生は思うんだ」

そのときサアッと風が吹いた。後ろに束ねた塔子のロングヘアが顔にかかる。

「先生の言いたいことはよくわかります……私もみんながまとまったほうがいいと思っています」

塔子は乱れた髪の毛をゆっくり直しながら、「でも」と、健太郎に向き直った。

「私は手芸部の伝統を守りたいんです」

メガネの奥に強い決意を秘めた瞳がある。

「伝統？」

「手芸部はずっと、三河先生のころから、文化祭で作品を展示して、小物を販売する活動をしてきました」

「その伝統を守りたいってことか？」

「はい」

塔子は三河のことが大好きなのだ。そして学生時代の三河が、部員一人になってもやめずに、必死で手芸部を支えてくれていたことをよくわかっているのだ。だから、まじめな塔子は、三河が礎《いしずえ》を築いてくれた手芸部の伝統を守り、今の活動を続けたいと思っているのだ。

「でも三河先生も、長島のファッションショーに反対しなかっただろ？」

「……」

「三河先生は伝統なんて気にしてないと思うぞ。それに、今まで通りの活動を続けながら、長島に協力してやればいいじゃないか」

「そんな簡単な問題じゃありません」

塔子はキッパリと言う。「それをやったら手芸部は手芸部じゃなくなってしまいます」

「どうしてだ？」

「部員もファッションショー目当てに入るようになるかもしれません。そうしたら、今の手芸部の活動が変わってきてしまいます」

「そんな極端はことはないと思うが」

「それにチカは、私に助けてほしくないと思ってますよ」

「そうだろうか」

「チカの性格はわかります。負けず嫌いだし、私が手を差し伸べても絶対に拒否すると思います」

「まあ、そうかもしれんが……」

だからあえて、塔子は手を貸さなかったのかもしれない。ケンカしててもやはり仲間なのだ。塔子はチカの性格をよく見抜いている。

「でも長島は長島なりに手芸部のことを思ってやってるんだよ。手芸部がもっと発展できればいいと、そのためにやってるんだ。それはわかってほしい」

チカはチカで、どうやったら三河が守ってきた手芸部に活気が戻せるかと、一生懸命考えているのだ。だからきっと、こちらも折れるわけにはいかないのだろう。

健太郎は息を深く吐いて、天を仰いだ。

どちらも手芸部を愛していて、手芸部の未来のことを真剣に考えているのだ。それゆえの軋轢《あつれき》なのだ。

お互いがお互いを認め合えば、問題はすぐに解決しそうなのだが……なかなかに難しい――。

「みんないい子たちなんだけどなー」

錦糸町の焼き鳥が旨い居酒屋で、久しぶりに浩介と会った。

「……お前、何アンニュイになってんだよ」

浩介が顔をしかめながら、気持ち悪そうにする。健太郎は片手で頬杖をして、乙女のようにフウとため息をついていた。

「それになんで刺繍なんかしてるんだ」

「いや、止まんなくって」

健太郎の右手には、丸い刺繍枠に挟んだ布があった。九分割の刺繍は一ブロック目のハートを浮かべた熊の顔の図柄と、その隣の四つ葉のクローバーをくわえた小鳥の図柄を終え、今は三ブロック目に取り掛かっていた。

あれからも、塔子とチカは相変わらずだった。三河の前では仲の良いふりをしていたが、翌日からはいつものように、被服室の前と後ろに分かれ、それぞれが文化祭に向けた活動を続けていた。そして健太郎も口出しできず、その様子を気にしつつも自分の刺繍をしているだけだった。

でも健太郎は、何かきっかけがあれば、二人は仲直りすると思っている。一年前まではあんなに仲が良かったんだし、二人ともいい子だし、手芸部を愛しているのだ。

どうしたらそのきっかけが掴めるか――。

そう考えるのだが、どうしても自分からは動けなかった。自分が体育会系的な発想で動くと、いつも空回りして裏目に出てしまうからだ。何とかしてあげたいのだが、何もできない自分がもどかしい。

健太郎はまた一つ、ため息をつく。

するると、浩介が口元に優しい笑みをたたえながら、「俺らだってもめたことがあったじゃないか」と、懐かしそうに目を細めた。

「ラグビーが人気なくなってきたから何とかしようってさ、俺らの学年で、受験生の胴上げしたり、学祭で女装したりしたら、『そんなくだらないことしてる暇あったら練習しろ』って先輩に怒られただろ？」

「そうだったな……」

「逆に、頑張ってるって、褒めてくれる先輩もいてさ、もめたことがあったじゃないか。最終的にはそれで知名度が上がって部員が増えて、先輩たちから感謝されてさ」

「ああ」

「部活ってそういうもんじゃないのか？　真剣に取り組む奴らが多ければ多いほど、ぶつかり合うんじゃねぇの？」

「……」

そうかもしれない。組織を存続させ、発展させるためには、そういったもめごとも必要不可欠なのかもしれない。でも、文化祭はもうそこまで迫っているのだ。そんな悠長《ゆうちょう》に構えていられない気持ちもある。

「あっ」

悩みながら、チェーンステッチを刺していると、チェーンの大きさがバラバラになってしまっていた。

「いかんいかん」

健太郎は刺繍糸をほどく。

三ブロック目は植木鉢から葉っぱが生えている図柄で、チェーンステッチとヘリングボーンステッチという新たなステッチを使わなければいけなかった。植木鉢を描くのに使うチェーンステッチは、文字通り刺繍糸を丸くループさせて鎖のようにつないでいくステッチだ。一見、簡単なようだが、刺繍糸を引き過ぎるとループがつぶれてしまったり、均一な間隔で針を刺さないと、ループの大きさが不揃いになってしまったりと、加減が難しいのである。そして葉っぱの部分のヘリングボーンステッチは、×の模様を刺していくクロスステッチの応用版のようなもので、交差を右端と左端にずらしていくものである。これがなかなかに難しく、健太郎の手には負えなかった。

本当は塔子たちに教えてもらいたかったのだが、みんな文化祭の準備でピリピリムードだったので、さすがの健太郎も聞くことができなかった。

そのとき、健太郎と浩介のスマホが同時に鳴った。

「望月、来れなくなったってさ」

画面を見ながら浩介が言う。「急に商談が入ったんだって」

「そうか……」

健太郎はションボリと肩を落とした。今日は刺繍のステッチを教えてもらおうと思っていたのに。

「まあ、飲めや」

浩介に勧められ、健太郎もビールジョッキに口をつける。一気に喉に流し込むと、苦い味が口に広がった。手芸部も刺繍も恋愛も、何一つ思い通りにはならない。ため息ばかりが増える。

「俺らが三年のときの、大学選手権の帝政大学との試合、覚えてるか？」

浩介が唐突に聞いてきた。

「そりゃ覚えてるよ。大逆転したときのだろ？」

「そう。あんときのお前のプレー、おかしかったよなぁ」

浩介はクククと笑い、肩を震わせる。

忘れもしない、二年前の、大学ラグビー日本一を決める大会のときの試合だ。この大会は、それぞれのリーグ戦や地方大会で上位の成績を残した大学が、セカンドステージに進めることになっていた。そしてセカンドステージでは、四チームの大学ごとに総当たり戦が行われ、各ブロックの上位一チームだけがファイナルステージに進めた。

関東大学ラグビーリーグ戦の上位五校に残った健太郎たちの大学は、セカンドステージに進むことができた。そしてセカンドステージの総当たり戦では、健太郎たちはグループ三位につけていた。帝政大学との試合は、次で負けたらセカンドステージ敗退が決まる崖っぷちの試合だった。しかし帝政大学は超強豪校で、社会人ラグビーのトップリーグのチームと試合をして勝ったこともあるのだ。その試合は、前半を折り返した時点で、健太郎たちの大学がダブルスコアで負けていた。しかし、当時三年生だった健太郎は、どうしてもこの試合に負けたくなかった。この大会は四年生にとって最後の大会だったからだ。自分を厳しくも優しく育ててくれた先輩たちと、まだまだプレーがしたかったし、恩返しがしたかったのだ。

後半開始直後、健太郎はパスを受け取ると、ゴールめがけて激走した。不器用な健太郎は小技でかわすことが得意ではなかったので、敵のタックルを正面からもろに受けた。ラグビーのタックルは激しく、ときに交通事故のような衝撃が走り、気絶してしまうときもある。それでも健太郎は夢中で前に突き進んだ。一つでも多くのトライを決めたかった。

そのうち場内が沸き始めた。気がついたら健太郎は、五十メートルも独走していたのだ。ゴールラインはもう目前だ。しかし気が急いたのか、ゴール直前で足がもつれて転倒してしまう。転がったボールはあえなく敵チームに奪われ、トライは成功しなかった。

健太郎は地面を叩いて悔しがった。しかし奇跡はその直後に起こった。諦めムードだったチームのみんなが、人が変わったように激しくゴールめがけて攻め始めたのだ。みんな、健太郎の勇敢《ゆうかん》なプレーを見て、闘志に火がついたのだ。

その後、後半ロスタイムで同点に追いつき、最後のトライで逆転することができたのだった。

「あんときの勝利はお前のおかげだって、先輩たちも感謝してたろ」

「そうだが……俺はただ必死だっただけで―

―その必死さがみんなの心を動かしたんだよ。監督も言ってたじゃないか。〝一番努力する人間が最後に勝つ〟って」

浩介の言葉に、健太郎はハッと目を見開く。

大学のときの監督は、不器用で小技が使えない健太郎にいつも、「それがお前の持ち味だからそのままでいい」と言ってくれていた。健太郎の持ち味はひたすら愚直に前に進むことだ。堂々とまっすぐに前に向かって走り続けることなのだ。たとえ技術がなくても、その持ち味を生かせるように、ひたむきに努力を続けていれば、勝てる。「一番努力する人間が最後には勝つんだ」と、監督はいつも言ってくれていた。

「お前が頑張ってれば、絶対に上手く行くさ」

浩介はビールジョッキを差し出し、健太郎のジョッキとちょこんと合わせる。

「そうだな……」

浩介の言う通りだ。努力すれば、きっと結果はついてくるだろう。それは今まで自分がやってきたことが証明していた。親友の優しさが胸にしみる。不覚にも涙ぐみそうになり、誤魔化すように慌ててビールを飲み干した。

現状を嘆いてばかりで、今の自分は、最大限の努力をしているのだろうか？　健太郎は自分に問うてみた。

「何か手伝うことはないか？」

翌日、健太郎は被服室に行くと、みんなに向かって声をかけた。

塔子とチカが顔を上げ、不思議そうにこっちを見る。

「みんな、忙しそうだから、先生、何でも手伝うぞ。やってほしいことがあったら言ってくれ」

昨日、浩介に励まされた健太郎は、「とにかく俺が頑張ろう！」と、決めた。塔子たちの作品展示と、チカたちのファッションショーが両方成功するように、自分の力の限りを尽くすことにしたのだ。

「ありません」「別にねーよ」

塔子とチカからは、案の定、そっけない返事が返ってきた。

「そんなことはないだろ」

健太郎は前のテーブルに行くと、聡子の前に並べてある水玉の布に手を伸ばす。

「先生も手伝うぞ」

「だーっやめてっ！」

聡子が慌てて両手で布を隠した。「先生なんかにできるわけないっしょ！　売り物なんだからっ！」

聡子は販売用のがま口財布を作っていて、その布の裁断をしていた。

「布を切ることぐらいできるぞ」

「それ適当に切ってるんじゃないんです。柄の位置を合わせながら、がま口の型紙にそって曲線にはさみを入れてるんです」と塔子。芽衣も心配そうに見ている。

「間にダーツも入れないといけないし、チェーンステッチもまともにできない先生には百年経ってもできないのっ」と聡子が珍しく声を荒らげる。

「そ、そうか……じゃあ他に手伝えることは……」

「私たちの邪魔をしないことだけです」

塔子にキッパリと言われてしまう。

「じゃあ長島たちを手伝おう」

今度は後ろのテーブルに行くと、「来るんじゃねえっ」と、チカに拒絶される。

「そんなこと言うなよ。アイロンをかけることぐらいできるぞ」

それでも健太郎はへこたれなかった。洋裁では布を裁断する前に、布目を整えるためにアイロンをかける作業があった。それを手伝おうと、アイロンに手を伸ばすと、「触んじゃねぇ！」と、チカに一喝される。すっかり邪魔者扱いだ。

「ボスゴリ～、じゃあお願いしていい？」

するとまりなが甘えた声を出した。

「おう、何でも手伝うから言ってくれ」

「まりな、喉がかわいたから、いちごスムージー買ってきて～」

「お、おう……」

そういう手伝いをしたいのではないのだが。

「お、それならあたしもアイスコーヒー頼む」

「あたしはレモンウォーターがいいっす」

チカと理子も便乗してくる。

「あとついでにＣａｎＣａｍ《キャンキャン》買ってきて～。今日発売日なんだー」

「そこに散らかったゴミも捨てといてくれ」

「ちょっと、いいかげんにしなさいよっ！」

塔子が後ろに向かって睨んだ。

「いいんだよ町田。そっちも何か買ってほしいものがあったら言ってくれ。何でもやるから」

とにかくパシリでもいいから、彼女たちの役に立てることなら何でもやろうと、健太郎は思っていた。


それからも目まぐるしく日々は流れた。手芸の作業で協力できない健太郎は、彼女たちの徹底的なサポートに回った。他の教員たちにバレたら怒られそうだが、おやつを買ってあげたり飲み物の差し入れをしたり、ファッションショーで使う音楽をチカに代わってレンタルショップに借りに行ったり、部活後の被服室の片づけをしたりと、パシリみたいなこともいっぱいやった。

二学期の授業と並行しての作業なので、目が回るほど忙しくなったが、そこは体力に自信のある健太郎なので、なんとかこなすことができた。

文化祭まであと一ヶ月。展示会とファッションショー両方を成功させるためには一日たりとも無駄にできなかった。

「あーちくしょう！」

ある日、被服室でチカが叫び、両手で頭をクシャクシャと乱す。裁断を間違えてしまったようで、前身ごろの途中に切り込みが入ってしまっていた。

「あーこの布、日暮里で買ったんだよな……」

チカは悔しそうに呟く。裁断をやり直すには残りの布が足りなくなっていた。

日暮里には都内でも有数の繊維街があり、安くて品揃えのいい店がたくさんあるので、洋裁をする子たちはここで布を買うことが多かった。しかし千葉県寄りの江戸川区にあるこの水之江高校から買い物に行くのは、少々遠かった。

「俺が行こう」

健太郎はチカに声をかけた。「店を教えてくれ。この布と同じものを買えばいいんだろ」

「いいのか？」

「ああ」

「助かる、ありがとう」

珍しくチカが礼を言ってくれる。

健太郎がチカに店の名前を聞いていると、「ついでに〜」「頼みたいっす」と、まりなと理子からも布の買い出しを頼まれた。健太郎はそれらの布の切れ端をサンプルとしてもらうと、学校を出た。明日までには届けてあげたいからと、急いで日暮里に向かう。

バスと電車を乗り継ぎ、ＪＲの日暮里駅に着いたときはすっかり日が暮れていた。

「さてっと」

駅を出た健太郎はメモした買い物リストを広げる。これから四軒ほど店を回らないといけない。布問屋は閉店も早いので、のんびりするわけにはいかなかった。健太郎はスマホで店の名前と場所を確認しながら、探して歩いた。最初の三店は、駅からわりと近いところにあったので、すぐに見つけられたが、最後の一店は日暮里中央通りを鶯谷《うぐいすだに》のほうまでかなり歩かないといけないところにあった。

健太郎は地図を確認しながら早足で店に向かう。鶯谷に近づくと居酒屋がちらほらと目につくようになった。建設現場で働いたあとに一杯ひっかけたのだろうか、頭にタオルを巻きニッカボッカを履いた男たちが、赤い顔で鼻歌を歌いながら歩いている。

「あれ？」

健太郎は車道の向こうに、紗英らしき女性が歩いているのを見かけた。目を凝らして見てみたが、駅に向かうサラリーマンの人波が押し寄せ、その姿が消えてしまう。

望月さんだった気がするが――。

気になった健太郎は道の向こう側に行こうとするが、ここらへんは横断歩道がなく、遠くにある歩道橋を使うしかなかった。急いで歩道橋を渡りきり、反対側の歩道に出ると、さっきの女性を探す。もし紗英だったら、この前、一緒に飲めなかったので、これから飲みに誘ってみようかと思った。ついでに刺繍の相談もしたい。健太郎が人波をかき分けながらあたりを見渡すと、再び女性の後ろ姿が見えた。しかしその瞬間、ハッと立ち止まる。

その女性は、男と腕を組んで歩いていた。そして女性がふと横を向き、男のほうを見る。その整った横顔は……やはり紗英だった。

「——!!」

紗英は、長身で髪をオールバックにしたトレンチコートの男と、腕を組んで歩いていた。二人はぴたりと肩をつけ、お互いに寄り添っている。どう見ても恋人同士だった。

その先にはラブホテルのきらびやかなネオンが輝いている。

望月さんにはつき合っている人がいたのか……。

健太郎は呆然とその場に立ちすくんだ。

健太郎はそれから眠れず、食事ものどを通らず、朝を迎えてしまった。授業があるので休むわけにもいかず、そのまま学校に行った。でも、体育の授業で生徒たちに準備体操を指示したきりぼんやりしてしまったり、職員会議で自分が発言する番なのに、黙ってしまったりして、生徒や教員たちから呆れられたり怒られたりした。しかしそれでも体にフィルターがかかったように、現実感がなく、健太郎はぼんやりしてしまう。

昨日、浩介にメールで聞いてみたところ、紗英に彼氏がいることは知らなかったと返された。「勘違いじゃないのか?」とも言われたが、あの様子は誰がどう見ても恋人同士だった。きっと健太郎や浩介など、たまにしか会わない大学の同級生なんかに、彼氏ができたことなんていちいち報告しなかったのだろう。

望月さんに恋人がいた――。

そう考えるたびに、健太郎はずしりと胸が重くなる。

そうだよなぁ、性格も明るくて綺麗なんだから、男が放っておくわけないよなぁ。営業の仕事をしているんだし、会社や取引先の男たちからいっぱいアプローチされてるに決まっているのだ。自分みたいな男とは比べ物にもならない、いい男たちがいっぱい言い寄っているのだ。俺なんか、最初から勝ち目がなかったのだ。

それなのに――。一緒に手芸店に行って、メールで刺繍のやりとりを始めただけで、舞い上がって、浮かれてしまっていた。相手の気持ちを確かめてもいないし、自分の気持ちも何も伝えていないのに、いい気になってはしゃいでいたなんて、馬鹿じゃなかろうか。

そう考えれば考えるほど、健太郎は自分の能天気具合が恥ずかしく、地の底まで落ち込んでしまうのだった。

被服室でも健太郎は抜け殻状態だった。教室の真ん中のイスに座り、ぼんやりと虚空を見つめてしまう。

「先生、どうしたんですか？」

さすがに異常に気づいた塔子が声をかけてくる。

「あ、いや……」

「元気ないみたいじゃん。お腹空いてんの？　ごはん食べた？」と聡子。芽衣も心配そうにこっちを見ている。

「いやあ、食欲がなくてな」

「どうしたの？　ボスゴリ、昨日と全然違うよ」

「何かあったんすか？」

まりなと理子も心配そうに聞いてくる。

「……」

さすがに言えない。健太郎が小さくため息を吐くと、

「フラれたんじゃね？」

チカが鋭く言い放った。その瞬間、健太郎はガタリと体勢を崩し、イスから転げ落ちそうになる。こいつはなんて鋭いんだ。

その健太郎の動作を見て、六人の女の子たちの目がカッと見開かれた。

「えーえっ、マジマジ」「本当にフラれたの!?」

理子とまりなが目を輝かせて駆け寄ってくる。

「先生、彼女さんにフラれちゃったの？」「そもそも告白してたんですか!!」

聡子と塔子も立ち上がった。

「いや、その──……」

誤魔化そうとあれこれ頭を巡らせるが、六人の女の子に詰め寄られ、どんどん顔が赤くなってしまう。どうして俺はこんなにわかりやすいんだ!!　健太郎は自分の正直な反応が嫌になる。

いたたまれなくなった健太郎はスッと立ち上がると、「きょ、今日は用事があるっ！　さようならっ！」と叫び、教室を飛び出した。


江戸川の河川敷はすっかり秋の風景に様変わりしていた。

高くなった空には綿を散らしたようなうろこ雲が浮かび、風に揺れるススキの間から、とんぼが飛んでいるのが見える。遊歩道を散歩する人たちも、そんな秋の風情を楽しむように、どこかのんびりしていた。

「うわああ──っっ！」

そんな中を、健太郎は絶叫しながら走った。どこに行くわけでもなく、ただひたすら走りたかった。体の限界まで走って、走って、走って、頭を空っぽにして、今の情けない自分をぬぐい去りたかった。

俺の大馬鹿野郎!!　たかが失恋だぞ！　つき合ってもいない女性に恋人がいただけの話なのに！　こんなことで動揺して、みっともない姿を生徒たちに晒してしまうなんて！　情けなさ過ぎる！　教師失格だ――!!

心の中で自分を罵倒しながら、とにかく息が切れるまで走り続けた。

どこまで走ったのだろうか。さすがに足が動かなくなり、ふらふらと歩き始めると、すっかりあたりが暮れ始めているのに気づいた。河川敷が茜色に染まっていて、ちらほらと街灯が点《つ》き始めている。

ここはどこだろうか？

健太郎があたりを見回すと、遊歩道の下の道路沿いにある建物に目がいく。そこは民家の一階を店舗にしている、小さな手芸店だった。こんなところに手芸店があったとは。

健太郎はふと思いつき、その店に駆け込んだ。荒く息をはずませながら、店内を見渡す。毛糸、ビーズ、フェルト細工、布などなど、店の中には一通りの手芸雑貨が揃っていた。健太郎は店の一角に、フェルトのぬいぐるみキットが置いてあるのを見つけると、片っ端から掴み始める。

「これくださいっ！」

眠そうに店番をしていたおばあさんの前にドサリと置いた。

こういうときはクラフトセラピーだっ!!　クラフトセラピーをやるに限るのだ！

一刻も早く気持ちを落ち着かせねばと、健太郎は思っていた。

翌日、健太郎が被服室に入ると、驚くべき光景が目に飛び込んできた。

教室の真ん中のテーブルで、六人の部員たちが集まって座っていたのだ。それぞれが刺繍をしたり裁縫をしたりと、いつもの作業をしていたのだが、お互いに顔を合わせては冗談を言って笑っている。あれほど犬猿の仲だった塔子とチカも顔を寄せ、チカの縫ったスカートの縫製について話し合っていた。

これは幻覚なのだろうか。目をこすって再び見ても、やはり変わらない。

健太郎がキョトンとしていると、「ちわっす」「先生、こんちは」「ボスゴリー遅いよ」とみんなが口々に挨拶する。

「みんな、どうしたんだ？」

健太郎が不思議そうに聞くと、六人は顔を合わせ、ウフフと笑う。

「いやー昨日、盛り上がっちゃってさ」

「ボスゴリがおかしすぎるから」

聡子の言葉に、まりなも思い出したように吹き出す。

「俺がおかしい？　どういうことだ」

六人はウフフと、また意味深に笑った。

昨日、健太郎が教室を飛び出すと、ポカンとした六人は、お互いの顔を見合った。

「やっぱボスゴリ、フラれたんすねぇ」

「当たり前だよ。彼女、超美人だったもん」

理子と聡子のやり取りに、まりなは興味津々だ。

「そんなに綺麗なの～？」

「見る？」と聡子がスマホを取り出すと、理子とまりなが駆け寄った。

「うっそ」「超キレイ！」「ボスゴリ、こんなヒトに惚れちゃってたの～！」「ずーずーしいっ！」

聡子から写真を見せてもらった理子とまりなは大騒ぎする。芽衣もその隣りで笑っていた。

「だから最初から無理だっつーの」

「そうだよね。だって大山先生だもん」と、チカの言葉に塔子が笑った。

六人はもう一度顔を見合わせると、一斉に、アハハハと笑い出した。

「そんな美人、彼氏いるに決まってるっすよ！」

「そうそう。大山先生じゃ無理に決まってんじゃん！」

「身の程知らずもいいところだよね～」

「大山先生、ニブイからそんなことにも気づかなかったんだ～」

「バッカじぇねぇの？」

「ホントホント」

ひとしきり笑い飛ばしたあとも、健太郎の男としてダメなところや、ウザいところを六人で言い合ってさらにもうひと盛り上がりしたらしい。

そして自然と打ち解けていったのだ。

「お、お前たち……」

健太郎はブルブルと体を震わせた。こっちは泣きたい気持ちを必死で押さえていたのに……人の不幸を楽しんで笑いものにしていたなんて……女の子の残酷さに、愕然とする。

あまりのショックで手の力が抜け、昨日買い込んだぬいぐるみキットの買い物袋を落としてしまう。愛らしい猫や熊や犬などの完成写真が入っている、ぬいぐるみキットが床にコロコロと転がる。「どうしたの？　これ」。まりなと芽衣が拾い出した。

「いやーこれは……」

昨日、手芸店に飛び込んで手あたり次第買ったものの、家に帰った健太郎は気づいた。いくらクラフトセラピーをしたくても、刺繍の基礎もできてない自分にこんなものが作れるはずがないのだ。試しに一つ袋を開けてみたが、モコモコしたフェルトの布がいっぱい出てくるだけで、何をどうしたらいいのかさっぱりわからなかった。でもせっかく買ったんだし捨てるのももったいないので、手芸部の子たちに何とかしてもらおうと持って来たのだ。

「いっぱいあるじゃん」

「なんでこんなに買ったの？」

「いやーそのー……クラフトセラピーとかと……」

健太郎が恥ずかしそうに言うと、六人はキョトンとしたあと、アハハハハと腹を押さえて笑い出した。

「失恋をクラフトセラピーで癒そうとか思ってたのか！」

「その顔で!?」

「めちゃキモイっす!!」

「刺繍もろくにできないのに」

もう弁解しようがなかった。健太郎は赤くなってその場に立ち尽くす。

正直、教師をこんなにおちょくるなんてとんでもないことだと思った。ラグビー部で顧問がこんな風に馬鹿にされたら、上級生から鉄拳が飛んでくるだろう。

しかし実は、そんなことは、まったく気にならなかった。すごく嬉しかったからだ。

顧問代理を務めてから三ヶ月。やっと手芸部が一つになってくれたのだ。あんなに努力して悩んで策を練ったときは全然うまく行かなかったのに、まさか自分の失恋話で部がまとまってしまうとは。

ふと見ると、聡子、理子、まりな、芽衣が笑っている後ろで、塔子とチカが密かに目くばせしていた。

「……」

健太郎は考える。もしかして、この和解は塔子とチカが意図的に仕組んだものなのだろうか？


「町田」

その日の部活の終わり、健太郎は昇降口に向かう塔子を呼び止めた。

「もしかして、町田が長島と話し合ってくれたのか？」

そう聞いてみると、塔子は照れたように銀縁メガネの真ん中を指で押しながら「気づきました？」と、いたずらっぽく微笑む。

「やはりそうだったのか。ありがとう」

健太郎が頭を下げようとすると、塔子が「私じゃないんです」と、片手を上げてそれを止める。「この前、三河先生から電話がかかってきたんです」

「三河先生から？」

「はい、先生、『文化祭大丈夫そう？』って聞いてきて」

「文化祭のことを心配してたのか」

「でも話してると、『長島さんとはどう？』ってチカとのことばかり聞くんです。それで私、気づいたんです。ああ、先生は、私とチカとのことを、すごく心配してるんだなって」

「先生は、二人がまだ仲直りしてないって、わかってたのか？」

「そうみたいです」

塔子が頷いた。「先生の家にお見舞いに行ったときも、仲が良いふりしてたって、気づいてたみたいで、三河先生が言うには、『二人が本当に笑ってないように見えたし、目も合わせてなかったから』って」

「そうだったのか……」

さすが、三河は生徒たちのことを良く見ているのだ。

「私もチカも最後の文化祭だから、悔いなくやってほしいって、先生、力説してて……そうしたら、私、すごく申し訳ないなって思ったんです。自分がつまらない意地を張っているせいで、病気の先生にこんなに心配かけてしまうなんて」

三河に電話をもらった翌日、塔子はチカと話し合ってみようと思った。でもやはり、きっかけがなかなか掴めなかった。そのまま放課後になってしまい、被服室に行くと、すでにチカが来ていた。そしてチカも何か言いたそうに塔子を見る。それで塔子は気づいたのだ。三河はチカにも電話をしたのだ、と。

　ここでちゃんと話し合わないと……。

　そう思いながらもなかなか言い出せず、そのうち他の部員たちが来てしまった。そんなとき、健太郎の失恋話が発生したのだ。すると、それをきっかけにして塔子とチカは会話をすることができた。二人の打ち解けた様子を見た聡子、理子、まりな、芽衣も、ますます盛り上がって行ったのだという。

　こうして六人のわだかまりはあっという間に解けた。そして自然とお互いの作業状況を報告し合い、文化祭に向けての共闘体制が出来上がったというわけだ。


　健太郎は職員室に戻ると、すぐに三河に電話した。

「あ、余計なことしてごめんね」

　電話に出た三河は即座に謝ってきた。やはり三河らしい。

「すみませんでした。自分がふがいないばっかりに、療養中の三河先生にまで迷惑をかけてしまって」

　健太郎が恐縮すると、「なぁに言ってるの」と電話口から笑い声が漏れる。

「大山先生はまだ教員一年目なんだし、できなくって当たり前なんだよ」

「でも……」

「それに町田さんも、長島さんも大山先生のこと褒めてたよ」

「え、自分をですか？」

「手芸は下手くそだけど、とにかく一生懸命なのはわかるって。二人で相談したわけでもないのに、同じことを言うから、おかしかった」

「……自分みたいなのが、ちょっとは役に立てたんですかね」

健太郎が自信なさそうに言うと、三河は少し呼吸をおいたあと、「大山先生」と、改まった声を出した。

「私、ラグビーにそんなに詳しいわけじゃないけど、ラグビーはみんなでパスをつないでゴールを目指すんでしょ？　試合のときは、信用できる人にしかパスは出さないんじゃない？」

「はい、そうですが……」

ラグビーは、ボールをつないで敵チームのゴールを攻める競技だ。前方にパスを出せないので、ボールを持ったら自分自身がゴールまで突き進むか、後ろの仲間にパスを渡さないといけない。健太郎はパスを出すときは「こいつなら絶対にゴールまで行ってくれる」といつも信じている。自分がパスを受け取ったときも同じだ。仲間たちの思いが募ったパスを受けたからには、命がけでゴールに持って行ってやろうと熱くなる。

「それと同じだよ。私は大山先生だから、手芸部をお願いしたの」

「――!!」

「私の指導してる教員だからとか、副担任だからってわけじゃないの。大山先生は不器用だけど、いつも生徒のことを真剣に思ってくれていたから、大山先生なら手芸部を任せられるって思ったの」

「三河先生」

健太郎は鼻の頭が熱くなり、涙が出そうになった。失敗ばかりで迷惑をかけてばかりだったのに。三河はそんな風に自分を評価してくれていたのだ。

「他の先生からは、新任だからやめたほうがいいとか、女の先生がいいって言われたんだけど、私は大山先生が絶対にいいって思ったの。そして先生は、あんなに個性の強い生徒たちを、ちゃんと一つにまとめてくれた。私ができなかったことを、たった三ヶ月でなしとげてくれたんだよ」

「いや、それは三河先生のおかげで……自分なんかまだ全然っす。彼女たちが自分のことを顧問として認めてくれているのかもわからないし……」

「そんなことないよ。彼女たちはもう大山先生のこと、信頼してるよ。文化祭だってきっとうまく行く」

「そうでしょうか」

「手芸もラグビーと同じなの。手芸は個人作業に見えるけど、一人でやるよりみんなで作ったほうがいいものができるんだから」

「そうですよね」

そのことはよくわかっていた。

健太郎は夏休みに、みんなで黙々と手芸に没頭した日々を思い出した。それぞれの作業に集中して、会話もなかったが、不思議と心地よい一体感があった。

一人より、みんなでやるほうが絶対にいいのだ。

「大変だけど、頑張ってね。大山先生なら絶対に大丈夫だから。彼女たちの、手芸部の文化祭をぜひ成功させてあげてね」

「はいっ！　頑張りますっ！　文化祭は絶対に成功させますっ」

「ありがとう。私も文化祭、必ず遊びに行くから」

「はいっ、楽しみにしていますっ！」

健太郎は立ち上がると、「あざっす！」と、九十度に頭を下げた。教員たちがびっくりしてこっちを見ている。

「声大きい……」

三河のクスクス笑う声が聞こえる。きっと電話の向こうには、人の好い笑顔があるに違いない。

電話を切った健太郎は、嬉しさのあまり走り回りたい気分になった。今までのもやもやした気持ちがすべて消え去り、雲ひとつない空のようにスッキリしている。

「うおーーーっ!!」

窓に向かって吠えると、両手を上げてガッツポーズした。

「大山先生」

すると、苦虫をかみつぶしたような顔で学年主任の横田が駆け寄ってくる。

「な、何でしょう」

また変なことをしてしまったかと身構えた。

「大丈夫ですか？」

「え、何がですか？」

「いや、さっきまで暗い顔をしてたかと思ったら、急に叫び出したから、何かあったのかと」

「すいません、嬉しいことがあったもので」

「そうですか、ならいいのですが……」

横田は思い出したように聞いてくる。「ところで手芸部のほうは順調ですか？」

「はいっすこぶる順調です！」

「連日、大山先生、帰るのが遅いから、大変なのかと心配していたんですけど」

「全然大丈夫です！」

「そう」と横田はメガネを直しながら咳払いする。「でも、何か困ったことがあったらすぐに言ってくださいね」

「はあ」

横田は眉間にしわを寄せながら顔を近づける。黒縁メガネの奥のつぶらな瞳が真摯に揺れる。

「あなたは新任教師。一人で頑張らなくてもいいんですからね。私にできることがあったら手助けしますし、他の教員にも手伝わせますから」

「はいっ！　ありがとうございますっ！」

健太郎が頭を深々と下げると、横田は「声大きいねぇ」と、苦笑しながら去っていった。

健太郎はじわじわと嬉しさが込み上げてくる。三河や横田の言葉が胸にしみた。孤軍奮闘しているものとずっと思い込んでいたが、ちゃんと気にかけて見てくれている人たちがいたのだ。そういえば、浩介だって落ち込んだ健太郎を励ましてくれていた。

自分は一人じゃないのだ。支えてくれる人たちがいるんだ。

頑張ろう。文化祭は手芸部の一年に一度の晴れ舞台なのだ。何としても、文化祭を成功させよう！　そう自分に言い聞かせると、健太郎は体の内から力がみなぎってくるのを感じた。

5章　チェーンステッチ　みんなでつなげ

いよいよ文化祭まで二週間を切った。

手芸部の忙しさは加速度を増していったが、以前のようなギスギスした焦燥感はなくなっていた。

やっと各色の戦隊ヒーローが揃ったような、ゲームで旅の仲間が揃ったような、そんな安定感と安心感とわくわく感が今の手芸部にはあった。

よーし全員で文化祭を成功させるぞ!

そんな意気込みが、彼女たちの全身からあふれている。

もちろん手芸部顧問代理の健太郎も、彼女たちに大いに感銘を受けていた。このため、教務以外で自分の使える時間は、すべて手芸部のために費やしていた。

ファッションショーを手伝うことになった塔子たちだが、さすがに服のデザインや縫製にまで手を出すことはできなかったので、ショーの装飾品に使う鞄や髪飾りやブローチなどの、小物を作ってあげることで協力した。また、塔子はチカの代わりに、文化祭実行委員のとの打ち合わせや、演劇部や放送部とのショーの打ち合わせにも出るようになった。聡子は理子とまりなに協力して、二十人ほどのモデルをやってくれる女生徒たちを集め、芽衣も含めた四人で、彼女たちの採寸《さいすん》をしたり、ウォーキングの練習につき合ったりした。

塔子たちがファッションショーの準備に時間を割くようになったので、展示会の作品数が少なくなってしまうことが懸念された。しかしそこは逆に、チカたちがファッションショーで使った衣装を展示することにして、こちらも解決した。やはりお互いが協力し合うことが、いい結果につながるのだ。

そして、健太郎は彼女たちの徹底的なサポートに回った。

以前、希望した舞台セットが作れなくなり、チカが演劇部の男子生徒ともめていたが、それを自分が手伝うことにした。たいしたものは作れないかもしれないが、演劇部の生徒に教わりながら、背景パネルを組み立てていき、チカのイメージに合うように、カラフルでかわいらしい配色の水玉模様を一面に描いていった。また、ショーのときに、モデルが着る服の解説も放送したいとのことで、そのナレーション原稿をチカに取材しながら、塔子と一緒に作っていった。

もちろん買い出しやゴミ出しや掃除などの雑務も、相変わらず進んで買って出ていた。

このため、連日、ヘトヘトでの深夜の帰宅になっていたが、自分ももう一度青春時代を過ごせているようで、健太郎は毎日が楽しかった。

『刺繍どこまで進んだ？　私のワンちゃんは完成したよ♪』

健太郎がアパートに帰りつき、倒れるように畳に寝ころんだとき、紗英からメールがきた。紗英はついにミニチュアダックスフンドのぬいぐるみを完成させたようで、フローリングの床の上でかわいらしく首をかしげているぬいぐるみの写真を送ってきてくれる。

「……」

健太郎はそのメールを、少し複雑な気持ちで眺めた。そして、『俺は忙しくて全然進んでない』と、そっけない返信を打った。実際、夏休み前に紗英と買った刺繍キットは、九分割の三ブロック目の途中で止まっていた。手芸部の文化祭の準備が忙しく、自分の刺繍なんかやっていられないというのが一番の理由だが、もう気力がなくなってしまった、というのが正直なところでもあった。

紗英とこんなやりとりをしても虚しいだけだし、今さら、刺繍を完成させたって仕方ない……と、すっかり冷めた気持ちになっていたのだ。

「あー俺って最低だ……」

メールを送信すると、健太郎は自己嫌悪で背中を丸めた。紗英に彼氏がいたショックから、まだ立ち直れなかった。紗英は自分のことを友達と思ってくれているのだから、彼氏がいようがいまいが、本当は関係ないはずなのに。女友達に彼氏がいるとわかったとたん冷たくするなんて、そんな男は最低だと、我ながら思ってしまう。そういうのは、下心ありありの下衆な男がすることだ。

と、頭で考えてはいても……実際はそんな簡単に、気持ちを切り替えることはできなかった。

余計なことを考えるな！

健太郎は自分に言い聞かせ、ブルブルと頭を振る。

今は手芸部の文化祭に向けて集中するのだ！

こういうときは、今の忙しさが本当にありがたかった。忙しく体を動かすことで頭を使わないようにして、紗英のことを考えずに済むからだ。このまま毎日、ヘトヘトに疲れ果てて眠っていたら、そのうちもやもやした気持ちも収まっていくだろう。

今日も仰向けになって目をつぶると、体が沈み込むように重くなり、すぐに睡魔が襲ってきてくれた。


「そういやボスゴリ、あの刺繍はどこまで進んだんだ？」

翌日の放課後、健太郎がファッションショーに使うワンピースのアイロンがけをしていると、一心不乱にミシンを動かしていたチカが、突然聞いてきた。

「俺がやってた刺繍のことか？」

「ああ」

「もう今はやってないよ。ロッカーに入れたまんまだ」

「はぁ？　なんでだよ」

チカがミシンを止め、顔を上げる。

「いや、次々と難しいステッチが出てきて手がつけられなくなってな、それに今は刺繍なんてやってる場合じゃないだろ」

「持って来い」

「は？」

「あたしが教えてやるから、持って来いよ」

「何言ってるんだ。長島はそんな暇ないだろ」

「いいから持って来い！」

健太郎がわけもわからずキョトンとしていると、チカの横で、ブラウスにボタンを縫いつけていた塔子がフフフと笑う。

「チカは先生の刺繍も文化祭で展示したいって言うんです」

「ええーっ俺なんかの下手くそな刺繍、展示しても仕方ないだろ」

「つべこべ言うな！　展示スペースが埋まんねーんだからよっ！　とっとと持ってこいや！」

チカに凄まれ健太郎はたじたじだ。

「ボスゴリ～早く取りに行ったほうがいいっすよ」

「そうそう、大山先生、手芸部顧問なんだからやっぱ一つくらい作品出してもらわないとね～」

理子や聡子もニヤニヤしながら楽しそうに言う。

結局、再びチカの怒号が飛ぶ前に、ロッカルームまで刺繍を取りに行くことになった。

「いいか、ヘリングボーンステッチってのはこうやるんだよ」

健太郎が三ブロック目のヘリングボーンステッチで止まってしまったと説明すると、チカはテーブルに置いてあったはぎれを手に取り、見本を見せてくれる。刺繍糸をすばやく三本どりで束ねると、機械のように均一で綺麗なステッチが布に描かれていった。

刺繍をするチカを初めて見るが、その針さばきは見事だった。

「長島は洋裁だけじゃなくて刺繍も上手いんだなぁ」

感心すると、「手芸部なんだから当たりめーだろ」と憎まれ口が返ってくる。黙って刺繍をしていれば、それなりにかわいらしく見えるのだが……。

「チカは手芸部で一番上手なんですよ」と塔子が微笑む。「一年のとき、東京都でやってる手芸展に刺繍作品を出して、賞を取ったこともあるんです」

「へぇーすごいじゃないか」

「うるせー塔子、しゃべりすぎ」

　塔子はペロッと舌を出しながら、嬉しそうにチカの刺繍を眺める。その表情は、あこがれの先輩を尊敬の眼差しで見ているようであった。

　ああ、そうか……そんな塔子の姿を見て、健太郎は気づく。

　塔子が手芸部の小物作りにこだわって、チカのファッションショーを許さなかったのは、チカのそういった才能を惜しむ気持ちもあったのかもしれない。

「ほらっ、これ見てよく勉強しろ。手芸部顧問として恥ずかしくない作品作らねぇと承知しないからなっ！」

　チカは見本のステッチを刺した布を健太郎につき出す。

「まりなはサテンステッチが得意だから、そっちは、まりなが教えてあげるね～」

　刺繍の図案説明書を持ったまりなが、健太郎の横からひょいと顔を出し、ニッコリ笑う。

「あたしはフレンチノットステッチかな」

　まりなが持っている図案説明書を横から見て、聡子も言う。

「……私はバイオリンステッチなら教えてあげられます」と芽衣。

　みんなは図案説明書を回して見ながら、自分の得意なステッチを教えてくれるという。

　少しずつ健太郎の面倒を見れば、それぞれはたいして時間も取られないし、健太郎も足手まといに感じなくて済むと思ってくれているらしい。

「ありがとな」

健太郎は胸が熱くなった。自分がきまぐれで始めたこんな刺繍を大切に思ってくれ、文化祭にまで出品してくれるとは。文化祭は手芸部にとって、一年に一度の大切なイベントなのに。みんなが、自分のことを手芸部の一員として認めてくれているのだと知り、泣きたくなるくらい嬉しかった。

「あと一週間だ、死ぬ気で仕上げろ！」

　チカに活を入れられ、健太郎も「まかせろっ！」と胸を叩いた。

　熱い思いをぶつけられて、冷静でいられるような性格ではない。健太郎は根っからの体育会系体質だ。ただでさえ目が回る忙しさなのだが、その上に、刺繍を完成させようと、まさに寝食を忘れ、異様な熱意で取りかかった。幸い、体力には自信があったので、なんとかこなすことができた。

　彼女たちの気持ちに応えられなければ男じゃない！　何が何でも文化祭までに完成させてやるぜっ！

　そんな熱い気持ちが健太郎を突き動かしていた。そして、大切な文化祭で展示するのだから、鑑賞に堪《た》えられるものにしたかった。美しく繊細で、手芸部顧問として恥ずかしくない、部員のみんなにも恥をかかせないような作品を出したかった。

そのためには慌てず丁寧に、慎重に、針を刺していかないといけない。健太郎は心を落ち着かせ、無心に針を進めていった。

ひさしぶりに再開した刺繍だが、やはりやってみると楽しくなってきた。睡眠も食事の時間も減らして作業をしているのに、疲労困憊するどころか、不思議と充実感がみなぎってくる。

「おーいこのステッチがわからんのだが―」

「はいはーい」

健太郎が声をかけると手芸部の誰かが、必ず駆けつけてくれた。すぐに教えてもらえるという安心感はすばらしい。健太郎はますますみんなの期待に応えようと張り切った。

「で、できた〜〜!!」

そしてついに文化祭の三日前、刺繍が完成したのである。自分でも驚くべき速さだ。

被服室で最後の針を刺し終えた健太郎は、両手で布の端を持ち、上に掲げた。白い布の九分割の枠の中すべてに、カラフルでかわいらしい図柄が収まっていた。

「ふーん」

チカは健太郎が掲げた布を一瞥すると、「貸せ」とそれを奪い取る。そのまま被服室を出て行ってしまった。

「ちょっと待て！　どこに行くんだ！」

健太郎は慌てて追いかける。チカは隣の調理室に入って行き、流しでお湯を出すと、健太郎の布をびしゃりと濡らした。

「何やってるんだぁぁぁ！」

せっかく完成させた刺繍なのに！　健太郎が焦って取り上げようとすると、「落ち着けボスゴリ！」とチカが一喝する。それを中性洗剤で丁寧に洗うと、また被服室に持って行って、上下をタオルで挟み、丁寧にアイロンをかけ始めた。

「ほらよ」

アイロン台から取り出した白い布は、輝くような美しさを放っていた。健太郎があまりにも時間をかけすぎたせいで、布はかなり汚れていたのだ。チカはそれを綺麗に洗って、アイロンがけをして仕上げてくれたのだった。

「おわー」

それは見事な〝作品〟になっていた。健太郎は我ながら感動する。手芸をやっている人から見ればまだまだ稚拙《ちせつ》なのかもしれないが、指定されたライン通りに刺繍糸が刺せているし、見本写真と比べても遜色のない出来になっていると思う。

ステッチの一つ一つを眺めていると、それぞれの刺繍を刺していたころのことが蘇る。最初は針穴に刺繍糸を通すだけで一苦労だった。ランニングステッチは何度やり直したことか。ヘリングボーンステッチはチカが、サテンステッチはまりなが、フレンチノットステッチは聡子が、バイオリンステッチは芽衣が……みんながそれぞれ懇切丁寧に教えてくれた。

どのステッチにも一つ一つ、思いが込められていた。きっとこれからも、この刺繍を眺めるたびに、アルバムを捲るようにそれぞれの思い出が蘇ることだろう。

刺繍ってすばらしい！

健太郎は刺繍の良さを改めて感じる。刺しているときはクラフトセラピーで癒され、出来上がれば達成感に満たされ、眺めればアルバムのような感慨深さを味わえる。自分の部屋には不似合だと思っていたが、絶対に額縁に入れて飾って、毎日眺めようと決める。

「よくできてるじゃねぇか」

健太郎の後ろから刺繍を眺めていたチカが、ニヤリと笑った。

「長島ぁ……」

あんなに厳しかったチカが初めて褒めてくれ、思わず目が潤《うる》んでしまう。こいつはアメとムチの使い方がなんて上手いのだ。

「やったね、大山先生！」

聡子がバンと、健太郎の背中を叩くと、

「もう絶対間に合わないって思ったけど、余裕で間に合ったじゃん～」とまりなも嬉しそうに笑う。

「すごいです」

芽衣がパチパチと手を叩くと、六人は「やったじゃん！」と健太郎を囲んで拍手してくれた。

「いやぁみんな、ありがとう！」

健太郎は満面の笑みで、嬉しそうに頭を掻く。

「彼女さんに見せたらどうですか？」

すると、塔子が突然言い出した。

「な、なんだ唐突に」

「だって彼女さんに選んでもらった刺繍じゃないですか。それに彼女さんに見せるために頑張ってきたんじゃないですか？」

「……」

たしかに最初はそうだった。でも、鶯谷で彼氏と腕を組んで歩いているのを見かけてから、紗英とは距離を置いていた。刺繍の進み具合も報告していないし、今さら会って、こんな刺繍を見せてどうしろというのだ。

「ボスゴリ、もうフラれたから会いたくないっすか？」

理子が聞いてくる。

「……」

情けないがその通りだ。赤くなってうつむくと、

「ボスゴリかわいい～」

背の低いまりなが体を伸ばし、健太郎の頭をなでるしぐさをする。

「わかるわかる。まりなも手芸始めたのって、小学校のとき好きだった男の子にビーズのストラップ作ってあげたのがきっかけだもん」

「げっまりなもか」

聡子が顔をしかめて笑う。「あたしもそうなんだよ。手芸始めたきっかけって、中学のとき好きだったサッカー部の男子にお守り作ってあげてからなんだよねぇ」

「えー聡子さんもですかぁ」

聡子とまりなで「そうそう！」「だよねぇ」と、手を取り合って喜ぶ。

「まりな、なかなか上手にできなくて、こんなんじゃあげられないって、何度もやり直したもん。こういうのって、なかなか見せられなかったり渡せなかったりするんだよね～」

「そんでどうしたのさ」と理子が聞くと、

「でもまりなは、ちゃんと勇気出して渡したよ」と健太郎の顔を見上げた。

「まぁ、でもその子、超モテモテだったから、他の女の子からもぬいぐるみとかお守り

とかいっぱいもらってて、それを全部ランドセルとか携帯につけててさ～。まりなのもその一個になっちゃっただけなんだけどね～」

「変なヤツだな」とチカが苦笑する。

「でも優しい子だったんですよ。せっかくもらったから、ちゃんとつけてあげないと悪いって、思ってたみたい」

「聡子先輩はどうだったんですか？」

「いやぁーあたしはさぁ」

芽衣の問いかけに、聡子が照れたように、両手を合わせてモジモジする。

「え～なになに？」「つき合ったんすか!?」

「いやぁ……『いらない』って受け取り拒否されちゃったわけよ」

身を乗り出してきたまりなと理子に、聡子がわざと明るい声を出した。「そいつ彼女がいたみたいでさぁ」

「……せっかく作ったのにね」

塔子が他人事でないかのように残念そうにする。

「でも、いいこともあったんです」

聡子は笑いながら、遠い目をした。

一生懸命お守りを作ったのに、受け取ってもらえなかった聡子は、家に帰って落ち込ん

でいた。するとその夜、仕事から帰ってきた聡子の父親が、テーブルに無造作に置いてあったお守りを見て、

「よくできてるな、父ちゃんがもらっていいか？」

と言ってくれたそうだ。それから聡子の父親はお守りを大切に鞄に入れ、いつも持ち歩いてくれたらしい。サッカーボールのアップリケがついて、『必勝』と刺繍してあるお守りだから、父親には全然関係ないのに。「これを持ってりゃいいことがありそうだ」と笑ってくれたという。

「うちって母親が小さいときに亡くなってて父子家庭だから、まあ、あたしに気を遣ってくれたんだろうけど……それでも嬉しかったんだぁ」

聡子は照れながら、お団子頭を掻く。

そうか、根本には母親がいなかったのか……。

健太郎はチクリと胸が痛んだ。そんなこと、全然知らなかった。

手芸部のムードメーカーで、いつも明るく元気な聡子は、そんなことを一切、話したことがなかった。いや、周りの空気を上手に読む聡子のことだから、あえて暗くなるような話はしなかったのかもしれない。

そんな聡子のけなげさを思うと、健太郎は申し訳ない気持ちになる。

生徒の本質を知らずに接していたなんて、まだまだ教師として未熟だなと、反省させ

られる。この六人には、いや、生徒たちはそれぞれに、いろいろな事情があるのだ。

「いいお父さんだな」

「だからさ、先生、大丈夫だよ」

聡子がくりっとした目を健太郎に向けて笑った。

「何がだよ」

「彼女さんに、刺繍、見せたほうがいいよ。先生のことを大切に思ってくれる人だったら、絶対に喜ぶと思う」

「そうだよ～。見せないと絶対に後悔するよ～」

同士の絆を深めた聡子とまりながぐいぐい迫ってくる。

「し、しかし……」

「なんなら今から電話して呼び出せ」

チカが、健太郎のYシャツの胸ポケットから見えているスマホを指差しながら言う。

「はぁ!?」

「そうっすよ、電話したほうがいいっすよ」

「電話しましょう」

理子と芽衣も押してくる。

「できるわけないだろ。相手は普通に働いている人なんだから、こんな時間に呼び出せるか」

「でも電話くらいはできますよ」

　塔子も譲らない。

「でーんわ」「でーんわ」

　そのうち六人は健太郎を囲み、電話かけろコールを始める。

「待て待て！　もうこの話は終わりっ!!」と健太郎は慌てて手を叩いて大声を出した。

「俺のことはもういいから文化祭の準備をしろっ！　のんびりしてたら間に合わないぞ！」

　そう言って、しっしっと彼女たちを追い払い、強引に元の作業に戻らせる。

　まったくこいつらは何を言い出すのだ。電話なんてできるわけないだろっ！　こんな大変なときにそれどころじゃないだろうに。とにかく今は文化祭なのだ、文化祭のことだけに集中するのだ！

　健太郎は鼻息荒く腕を組んだ。


「大山君〜！」

　水之江高校の最寄り駅は都営新宿線の篠崎駅である。その駅前にあるカフェに健太郎が入ると、すでに到着していた紗英が、店の奥のテーブルから手を振った。

「久しぶり！　元気だった？」

「いきなり電話してすまんな」

「ううん。ちょうど外回りで近くに来てたから」

紗英が小首を傾げてほほ笑むと、健太郎は胸に花畑が広がっていくような、ほんわかした気持ちになる。しかし、すぐに自分を厳しく戒めた。

ときめくなっ、俺!!　もう友達として接するんだ。邪な気持ちなど少しも持ってはいかんのだ！

手芸部の子たちの電話しろコールを無理矢理中断させた健太郎だったが、結局、そのあとこっそり廊下に出て、紗英に電話してみた。実は心の隅で、彼女たちの言うことは一理あると思ったからだ。

紗英は健太郎に恋愛感情はなくても、一緒に手芸店につき合ってくれ、刺繍キットを選んでくれ、ずっと進み具合を気にしてくれていたのだ。わからないステッチを教えてくれたこともあった。そんなことまでしてくれたのに、彼氏がいるとわかったとたんに距離を置き、刺繍の完成報告もしないのは、人として、とても無礼なことだと思えたのだ。

そして、ダメもとで電話をしてみると、紗英が仕事で篠崎駅の二つ隣りの駅まで来ていることがわかった。しかも今は休憩中で、会えるとまで言ってくれる。こうして健太郎は、篠崎駅前のカフェで落ち合う約束を取りつけたのだった。

「大山君、忙しいんでしょ？」

「まあ……それほどでもないが」

「最近、メールがあんまり来なくなってたから、すごく忙しいんだなって思って、私も遠慮してたんだ。でもどうしてるかなーってずっと気になってたんだよ」

そうか、そんなに心配してくれていたのか。連絡を怠っていた健太郎は胸が痛む。

紗英は純粋に、健太郎を友人として気にかけてくれているのだ。

それなら自分も同じ気持ちでいればいいではないか。そうすれば紗英とこうやってつき合っていけるのだ。これからも人間として尊重し合える関係を続けていけばいいのだ。

「悪かったな」

「ううん。だからさっき電話もらって、すごく嬉しかったんだ」

そう言うと、紗英は顔を綻ばせる。そのかわいらしい笑顔を見てしまうと、やはり悲しいかな、頭で考えていたような冷静な考えには至らない。健太郎の心臓は否が応にも高鳴ってしまう。しかしこの際、その反応には気づかないことにする。

「それで用って？」

「あ、そうそう。やっと刺繍が出来上がったんで」

健太郎はズボンのポケットから、さきほど仕上げた刺繍の布を取り出した。

紗英は一瞬、まばたきしてその刺繍を見たあと、「すごーいっ」と、目を輝かせた。

「これ全部、大山君が一人で刺したの？」

「まあそうだが……望月さんや生徒たちが教えてくれたおかげだ」

「でもすごいよ。大山君、めちゃめちゃ頑張ったでしょ」

「そうでもないが」

「うそうそ」

紗英はいたずらっぽく笑い、健太郎の手を人差し指でちょんちょんと指す。ここ数日の刺繍の追い込みで、指に針を刺したり、腱鞘炎《けんしょうえん》になりかかったりして、健太郎の手は絆創膏と湿布だらけになっていた。

「あ、いやぁ」

健太郎は赤くなりながら手をテーブルの下に隠してしまう。

そのとき、テーブルに置いてあった紗英のスマホが震えた。メールの着信があったようで、紗英はメッセージを見ながら嬉しそうにする。

「彼氏からか？」

健太郎は思わず聞いてしまった。すると、紗英が「えっ」と、目を見開いてこっち見ると、困ったように笑う。

「友達だよー。大山君も知ってるでしょ？　私みたいなガサツな女に彼氏なんかいるわけないじゃない」

「えっ……だって俺、見たぞ」

「何を？」

「鶯谷の近くで、男と腕を組んで歩いてたの」

「ええっ？　そんなこと……」

紗英は言いかけて、「ああーっ」と声を上げた。

「大山君、あれ見てたの？　アハハハハハ」

両手で口を押さえながら、ケタケタと笑い始める。

「？？？　何がおかしいんだ」

「だって、その人、女の人だよ」

「ええっ」

「えーっと、写真あるかな……」

紗英はスマホの画像を検索すると、「この前の飲み会で撮ったやつなんだけど」と、写真を見せてくれる。紗英と並んで、スーツを着て髪をオールバックにした人が写っていた。色白で体の線は細く、顔にはバッチリと化粧がしてあり、その人は、どう見ても女性のようであった。

「この人だったでしょ？」

「うん、後ろ姿しか見ていなかったが」

ようするに、ちょっとボーイッシュな女性だったというわけか。

「会社の先輩なの。こんな格好してるし背が高いから、男の人によく間違えられるんだけどねぇ……あの日は大変だったんだから」

紗英は苦笑しながら教えてくれる。

あの日、紗英はその先輩と一緒に、取引先の人と夕方から飲み始めていた。会食が終わって店を出ると、珍しく先輩が飲み過ぎてしまい、フラフラになったらしい。このため、紗英は支えて歩きながら、タクシーを探していたのだった。

「もう重くって大変だったんだから。ホント近くにあったラブホに入ろうかって思ったくらい！　大山君も見てたんだったら手伝ってくれればよかったのに～」

紗英が口を開けて楽しそうに笑う。その弾けるような明るい笑顔を見て、健太郎はまた胸がときめく。そうか、だったら気持ちを抑えなくってもいいのだ。そう気づくと、堤防が決壊したように、紗英への感情があふれてくる。

「よかったぁ～……」

健太郎は思わず胸をなで下ろす。

「えっ？」

その反応を見て、紗英が目をぱちくりさせた。

「ええっ、あっ、い、いやぁ！　な、何でもないっ」

慌ててぶんぶん両手を振るが、どんどん顔が赤くなってしまう。

「……」

すると、正面の紗英も頬を染め、うつむいてしまった。

「──!?」

健太郎は驚いて紗英を見る。さっきまでのはきはきした姿がなくなり、両手を膝の前で揃えて肩をすぼめている。

その姿はどう見ても照れているようだった。

望月さんが照れている？　どういうことだろうか？　それって、もしかしてもしかして──。

そう考えると、健太郎の胸は最高潮に高鳴り、頭の芯まで沸騰してしまったかのように、体中が熱を帯びる。今までがに股でカフェの籐《とう》イスに腰かけていたのに、急に女の子のように足を閉じ、自分もモジモジしてしまう。

「今度、大食いメニューをごちそうさせてくれっ」

身を乗り出した健太郎は、唐突に口走った。

紗英が「えっ」と、びっくりして顔を上げるので、慌ててフォローする。

「あ、いや、望月さんのおかげで刺繍が完成したから、そのお礼に奢らせてくれ」

すると紗英もニッコリ笑い、「うん、行こう！」と言ってくれた。

「せーんせいっ！」

まだ取り引き先の会社を訪問するという紗英を駅で見送ると、急に後ろから声をかけられた。振り返ると、聡子が丸い顔をニヤニヤさせながら立っている。その後ろには、塔子、チカ、理子、まりな、芽衣……ようするに手芸部全員が揃っていた。

「お、お前たち！　なんでこんなところにいるんだっ」

「先生、彼女さんに告白した？」と聡子が好奇心旺盛な顔をぐいっと寄せてくる。

「彼女の前でモジモジしちゃってさぁ～」

まりなが健太郎をまねて、腕を揃えてモジモジする。

「見てたのか！」

「あったりめーだろ！　お前はオネエかっつーの！」

「みんなで窓から覗いてたのに、全然気づかないんですもん」

チカが腕を組み苦笑すると、塔子が呆れたように笑う。

「彼女さんしか見えてなかったっすからねぇ」

理子がニヤニヤし、芽衣も口に手を当てて、ウフフといたずらっぽく笑った。

六人はどうやら、廊下で健太郎が電話をしていたのを、聞いていたらしい。自分の声が大きかったせいもあるが、それにしても、なんという詮索好きな子たちなのだろう。しかも、その話を聞いて、まさかここまで追いかけてくるとは……。

「で、告白したの？」

聡子が健太郎の顔を覗き込むようにしながら聞くと、

「当然、フラれたんだろ？　相手、彼氏いるんだし」とチカ。

「……いや……そのー」

「え、まさか、上手く行ったの？」

健太郎の反応を見て、聡子が目を丸くする。

「か、関係ないだろ！」

「うっそ、うっそ、信じられない〜！」

「彼女さん、ゲテモノ好き!?」

女の子たちはぐるりと取り囲み、きゃあきゃあと騒ぐ。駅に向かう通行人たちが、不審そうにこっちを見ている。

「こらっ、こんなところで大声を出すな！」

「で、結局、どっちなのさー。フラれたの？　上手く行ったの？」

「教えてくださいよー」

しかし彼女たちは諦めない。

「どっちでもいいだろ！　ほらっ学校に戻るぞ！」

羊を追いやる羊飼いのように、健太郎は両手を広げ、彼女たちの背中をグイグイと押しやる。

「なーんだつまんない！　絶対フラれるからなぐさめてあげようと思ったのに」

聡子がそう言うと、みんなは「ねーっ」と、顔を見合わせた。

えっ、と健太郎は驚く。

「……もしかして、お前たち、俺のことを心配してきてくれたのか？」

「勘違いすんな」

チカは睨みつつも、「ボスゴリに落ち込まれたら、これから文化祭ってときに困るからよ」と口をとがらせる。

「そうですよ。みんなで盛り上がっていかなきゃいけないのに、一人で暗い顔をされたら、士気が落ちますからね」と塔子も笑う。

「ボスゴリはただでさえデカくて邪魔なのに、暗くなると、余計に目立って周りが辛気臭くなるから嫌なんす」と理子。

なんだか憎まれ口ばかりだが、なぜだか余計に心に響く。素直じゃないが、健太郎のことを心配してくれているのが伝わるからだ。

ヤジ馬根性というのが一番の動機なのだろうが、それでも六人は、健太郎のことを気にかけて、ここまで来てくれたのだ。何よりも嬉しいのは、六人で行動してくれたことだ。それだけ仲が良くなっているということなのだ。

「よーしっ！」

健太郎はこぶしを握ると、「これからみんなで江戸川に行ってランニングだっ！」と右手を突き上げた。

「はぁ〜〜」

全員が嫌そうな顔をする。

「こういうときは走るに限るだろう。先生は今、すごく走りたい気分だっ」

健太郎は体育会系体質のせいか、感情の高ぶりがあるとどうしても走りたくなってしまう。

今、無性に、この感動の気持ちをかみしめながら、江戸川の河川敷を走りたかった。心地良い風を浴びながら生徒たちと一緒に走ったら、もっと感動が深まるに違いない。

「やらねーよ、あたしら手芸部だぞ」

「これだから筋肉バカは……」

「ボスゴリ一人で走れば？」

しかし文科系気質の彼女たちには、そんな気持ちは少しも理解できないらしい。大ブーイングで、熱血教師気分の健太郎をせせら笑う。

「でも、河川敷、気持ちよさそうだから、そっちのほうから歩いて戻らない?」

さすが手芸部部長、塔子が取りまとめてくれた。

いつ来ても江戸川河川敷は開放的だった。この景色を見るだけで、自然と心が軽くなる。豊かな水量をたたえる川は、午後のやわらかい日差しを受け、水面をキラキラと輝かせていた。水鳥たちは、翼を広げたまま風に身を任せ、悠々と空にゆるいカーブを描いている。

自然の景色は素晴らしい。健太郎はここに来るといつも思う。この景色は悠久の癒しだ。いつの時代も、変わらないこの雄大な景色を見て、人々は癒されていったのだろう。

「あー俺は幸せだぁ!」

健太郎は思いっきり両手を広げ、深呼吸する。

「安上がりっすね、先生」

「川の空気吸っただけで、幸せになるの?」

「アハハハ単純〜!」

相変わらずの憎まれ口だが、なんだかんだでついてきた彼女たちも、河原の散歩は楽しいようで、ずっと笑顔のままだ。

やっぱり一つになるっていいもんだな。健太郎はしみじみ思う。

みんな、今までも楽しそうにはしていたが、やはり、どこかぎこちないところがあった。だけど、今は本当に心から楽しそうにしている。六人がまとまったときのパワーがこんなにすさまじいとは。人数は変わらないのに、二つのグループで別々につるんでいたときよりも、何十倍もうるさくなっていた。それだけ気持ちが解放できているのかもしれない。

部活っていいな。青春っていいな。

ここにいる彼女たちの笑顔は、どんな宝石の輝きも比べ物にならないくらい、輝いて見える。

自分もまだ二十歳《はたち》を少し超えただけだから、青春まっただ中といえなくもないのだが、やはり十代の子たちの輝きには敵わない。日々、心も体も目まぐるしく成長していく彼女たちにとって、毎日は宝物のように貴重なことだろう。でも彼女たちは、今の自分がそんなかけがえのない日々を過ごしているなんて、思ってもみないのだ。

教師の仕事は、そういう毎日を、大切に過ごさせてあげることなのかもしれないと、健太郎はふと思う。

二度と来ない、戻りたいと思っても戻れない大切な日々を、生徒たちに後悔しないように過ごさせてあげること。道を間違えそうになったら、正すように導いてあげること。辛いことがあったら手を差し伸べ、寄り添い、その成長を見つめ続けること。

高校生活は長いようであっという間だ。毎日は慌ただしく過ぎ去ってしまう。そんな日常を、大切に優しく見守り続けることも、教師の役目なのかもしれない。

「ファッションショー、楽しみだね」

塔子が言うと、チカも「ああ、展示会も楽しみだ」と笑う。

健太郎は後ろから、そんな二人を微笑ましく見た。

塔子とチカにとってはこれが最後の文化祭なのだ。ぶつかり合いながら苦労を重ね、やっと一つになって、頑張ってきたのだ。だから最後は、後悔なく過ごさせてあげたい。

絶対に文化祭を成功させてやろう。そんな責任感がむくむくと湧き上がってくる。

文化祭はいよいよ今週末の土日だ。泣いても笑ってもあと三日しかない。三河も遊びに来てくれるし、絶対に、展示会もファッションショーも、いいものにしなくてはならない。

ここが正念場だ！　気を抜かずに、全力を尽くそう！

健太郎は心ひそかに、気を引き締めた。

学校に戻ると、手芸部のみんなは再び文化祭準備に取りかかった。さすがに遊び過ぎたと反省したのか、みんなおしゃべりもせずに作業に集中した。そんな彼女たちを見守りつつ、健太郎はそっと廊下に出る。

健太郎はスマホを取り出し、三河の家に電話をかけた。

文化祭が三日後に迫ったので、三河がいつごろ来られるのか、確認をしたかったのだ。自分がちゃんとアテンドしてあげたいし、体調のこともあるからあまり長くいられないかもしれないが、ファッションショーは土曜日の午後一時から開催されるので、それだけでも見て欲しいと思っていた。

「……？」

健太郎はずっとコールの続く三河の電話番号を見て首をかしげる。今朝から何度も電話をしているのだが、一度もつながらないのだ。病院にでも行っているのだろうか？

「また明日電話すればいいか」

そう呟くと、健太郎は電話を切った。スマホを胸ポケットにしまうと、被服室に戻った。


この日の帰宅は、いつもよりもさらに遅くなってしまった。結局、文化祭の準備は午後八時まで続き、生徒たちを送り出したあと、健太郎は職員室に戻って自分の業務をこなした。

健太郎がアパートに着いたときには、日付けが変わろうとする時間になっていた。ここらへんは下町の住宅密集地なので、周囲にも同じような二階建てアパートが林立していたが、住人たちはすでに寝静まっているようで、水を打ったように静かだった。

部屋に入ろうと、ドアの前でスポーツバッグに入っているキーホルダーを探すと、スマホの着信ランプが点滅していることに気づく。画面を見ると、学年主任の横田から着信があったようだった。さっき弁当屋に寄っていたとき、電話がかかってきたらしい。

「何時でもいいので、折り返し電話をください」とだけ、メッセージが残っていたので、部屋に上がった健太郎はすぐに電話をした。

「ああ、大山先生……」

コール一回もしないうちに、横田が出る。声に元気がなく、少しかすれているように聞こえた。

「遅くなってすみません」

「今、大丈夫ですか？」

「はい」

横田は少し息を呑んだあと、抑揚のない声で言った。

「今、三河先生のご主人から連絡があったんですけどね……三河先生が、今日、亡くなられたみたいなんです」

「えっ？」

健太郎には意味がわからなかった。

三河先生が亡くなった――？

「私も、さっき初めて聞いて、びっくりしたんですけどね……実は三河先生、相当具合が悪かったみたいで……」

滔々《とうとう》と説明が続いたが、健太郎はまったく頭に入ってこなかった。

三河先生が亡くなった――？　そんな馬鹿な。だってついこの前、退院して、元気になった姿を見せてくれたのに。電話でもあんなにはつらつと話して、自分を励ましてくれたのに。そんなハズはないだろう……。

健太郎は畳敷きの部屋で、呆然と立ち尽くした。蛍光灯に照らされた自分の影が、足元でかすかに揺れていた。

6章　サテンステッチ　みんなでひとつに

三河の告別式は、その二日後に執り行われた。

空にはどんよりとした雲が垂れ込め、しとしとと小糠雨《こぬかあめ》が降っていた。『故　三河良美　儀　葬儀式場』と書かれたセレモニーホールのロビーには、黒服の弔問客と、制服を着た高校生たちであふれている。会場は百人も入ればいっぱいになってしまうので、近親者と一部の学校関係者だけが着席していた。

正面の祭壇には、菊、バラ、カーネーションなど色とりどりの花に囲まれて、三河の遺影があった。死を覚悟して事前に撮影していたらしいが、そんなことはまったく感じさせない、穏やかに微笑んでいる、美しい写真であった。

右手の親族席の一番前には夫の武志が座っていた。毅然《きぜん》としているように見えるが、顔色がなく、目がうつろだ。頬はこけ、もともと痩せていた体がもっと細くなっていた。三河を看取ったことが相当な心労になったのだろう。それでも愛妻をきちんと見送ろうと、気力を振り絞っているのが伝わってくる。

そんな中、健太郎は弔問席の一番後ろで、ただ呆然と座っていた。

横田から連絡を受けて二日が経ったが、健太郎はまだ、三河の死を現実のものとして受け止められなかった。葬儀に際して、教員の何人かが手伝いをすることになり、本当は一番の若手である自分が、受付くらいはやらないといけなかったのだが、あまりのショックで頭が働かず、何もすることができなかった。

会場にいる列席者の焼香が終わると、葬儀社の係員が外で待っていた弔問客や生徒たちを招き入れる。生徒たちは二列に並んで葬儀場に入り、祭壇の前に進むと、順々に焼香していった。

生徒たちが自分の横を通り過ぎるのを健太郎はぼんやりと見送った。

三河の担当クラスで、自身が副担任を務めている一年C組の生徒たちも、ちらほらと見られる。みんなうつむき、暗い顔をしていた。

祭壇で経を読み続けている僧侶が、大きなリンを鳴らす。

「実はね、三河先生、胃がんだったみたいなんだよ……」

二日前、電話で訃報を報せてくれた横田の言葉を反芻《はんすう》した。

三河は七月に病院に搬送されたあと、精密検査を受け、胃がんであることが判明したらしい。しかもがんは末期で手術は難しく、他の臓器にも転移が見つかっていた。それでも三河は夫と治療法を模索し続けていたが、治る見込みがないと察すると、「最期は自宅で過ごしたい」と、九月に退院したのだった。

あのとき、手芸部で三河の家を訪問して、退院を喜んでいたのだが、そんな悲痛な真実が隠されていたのだ。そんなことをつゆ知らず、みんなで無邪気に喜び合っていた。しかも三河は心配をかけたくないと、自分の病状を家族以外の誰にも話さなかったのだ。


「先生――っ」

そのとき、耳慣れた女の子たちの悲鳴が響いた。

健太郎が振り返ると、会場の入り口に、手芸部の六人がいた。本当は、手芸部の顧問代理である健太郎が、三河の死を生徒たちに伝えるはずだったが、あまりの動揺のため、他の先生が代わりに伝えてくれていた。だから健太郎は、その事実を知った彼女たちが、どのくらいの衝撃を受けたのか知らなかった。しかし、三河との絆の深さを思うと、その大きさがいかばかりだったかは想像がつく。

みんなは肩を寄せ合い、真っ赤に泣きはらした目をハンカチで押さえ、嗚咽していた。芽衣は泣き過ぎて立っていられないようで、焼香に向かう途中でしゃがみ込んでしまう。

「大塚」

健太郎は芽衣を助けようと立ち上がり、手を伸ばす。すると、塔子がスッと間に入り、静かに首を振った。そうだ、芽衣は男の人に近づかれるのが嫌なのだ。

塔子と聡子で両腕を支えてあげ、なんとか立つことができた。しかし激しい慟哭《どうこく》は止まらない。

六人は焼香を済ませると、他の弔問客と同じように壁際を通って、会場の外に出た。みんな、やっと歩いているという感じで、とても痛々しかった。聡子は小さいころに母親を亡くしていたが、ほとんどの子たちが、身近な人の死は、初めての経験なのかもしれない。しかもあんなに慕っていた三河の死なのだ。

本来なら教師であり、手芸部顧問代理である自分が、みんなを励ましてあげなければいけなかった。彼女たちのそばについてあげ、支えてあげなければ……そう思うのだが、健太郎は足が動かなかった。

健太郎だってまだ二十三歳の青年で、身近な人の死は、初めてに近い経験だったのだ。北関東に住んでいる祖父が高校時代に亡くなっていて、その葬儀に出たことはあったが、祖父とは一年に一回会うか会わないかの関係だったので、正直、思ったほどの喪失感はなかった。自分をかわいがってくれた祖父にもう会えないと思うと寂しくはあったのだが、やはりどこか遠いところの出来事で、自宅に帰れば日常に戻ることができていた。

しかし三河の死は、健太郎の心の中に大きな穴を開けてしまっていた。まるで、体の大事なパーツが奪われてしまったかのように、健太郎は考えることも動くこともできなくなっていた。

セレモニーホールを出ると、空は相変わらずどんよりと重く、冷たい雨が降り続けていた。アスファルトを叩く雨足も、灰色に濁って見える。降るごとに気温が下がっていく秋の雨は、長く続けば続くほど、寒さがこたえるのだろう。傘を差しながら商店街を歩くおばあさんが、カーディガンの襟もとを合わせている手に、しきりに息を吹きかけている。

健太郎はぼんやりと街中を歩いていた。葬儀に参列した教員たちと一緒に会場を出たはずなのだが、いつの間にか一人になっていた。いつ別れたのかも、覚えていない。

健太郎は傘から顔を出し、曇り空を仰いだ。冷たい雨の感触が皮膚に伝わるが、それでも現実感がない。今さっき、霊柩車で火葬場に運ばれていく三河の棺を見送ったのに、まだ現実を受け止められなかった。これは悪い夢で、目が覚めれば全部嘘になるのだと、つい期待してしまう。

だって、ほんの一ヶ月前に、三河の見舞いに行ったばかりなのだ。二週間前に、電話で話したばかりなのだ。

「私も文化祭、必ず遊びに行くから」

三河は元気にそう言ってくれていた。辛い現実が押し迫っていたなんて、みじんも感じさせない明るさだったのだ。

しかし今、思うと、三河は必死でそれを隠していたのだ。優しい三河は、みんなに心配をかけまいと、最後まで自分の病気をわからせないようにしていたのだ。本当は、自分のことだけで精いっぱいだったはずなのに、最後の最後まで、周りに気を遣ってくれていたのだ。

そのぶん、どんなに辛かっただろうか……。

三河の気持ちを想像すると、健太郎は胸がえぐられるように苦しくなる。

自分は三河に頼り切っていた。死の恐怖と闘っていた三河なのに、そんなことを少しも慮《おもんぱか》らずに、無神経に何度も相談して、心配をかけ続けてしまった。三河はそのたびにアドバイスをくれ、自分を勇気づけてくれていた。本当はそんな余裕なんてなかったはずなのに。

そう思えば思うほど、健太郎は深い自責の念に苛《さいな》まれ、自分の犯した取り返しのつかない行為に足が震える。

俺は何てことをしてしまったんだ——。

立ち止まった健太郎は、ギュッと目をつぶった。

それだけ深く省みても、今の健太郎は無力だ。動揺して泣き続ける手芸部の子たちに、何もしてあげることができなかった。慰めることも、優しい言葉をかけてあげることもできなかった。自分のショックを受け止めることで精いっぱいになっていた。

そんなことでどうする。教師として毅然としなくては。生徒たちのためにも、三河のためにも。そう思うのだが、頭が働かず、全身が脱力して何もすることができない。

なんて自分は情けないんだ。

数えきれないほど三河に助けられたのに、何のお礼も恩返しもできず、頼りない姿を見せ続けたまま、三河はこの世を去ってしまった……。

健太郎の目からは止めどもなく涙があふれる。

三河は本当に亡くなってしまった……。

自分をいつも守ってくれ、力づけてくれていた三河はもういないのだ。あの優しい笑顔は二度と見られないのだ。

水之江高校に赴任した初日、緊張で固くなった健太郎に、「大丈夫！　一緒に頑張ろうね」と笑顔で肩を叩いてくれた。その瞬間、どれだけ気持ちが軽くなったことか。健太郎が何度失敗しても、決して怒らずに、自分の教え方が悪かったといつも謝ってくれていた。どんなときでも笑顔を絶やさずに、健太郎を見守り、優しく声をかけてくれていた。

あんまりじゃないか……。

あんなに優しくて思いやりがあって、みんなに慕われた人が、なんでこんな若くして人生を終えなければならないのだろう。

まだ三十を少し過ぎただけなのに。これからもっともっと人生を謳歌したかっただろうに。教員としてもまだこれからで、いろいろやりたいことがあっただろうに。結婚したのだし、子供を作って温かな家庭を築いていきたかったかもしれない。

三河の無念を想像すると、健太郎は何度も胸が締めつけられる。

涙が次々と頬を伝い、流れ落ちていく。大男が道の真ん中に突っ立ち、傘も差さずにおうおうと泣いているので、通行人たちが訝しげにこっちを見ている。でも、そんなことに構っていられなかった。健太郎は声を上げて泣き続けた。

どのくらい泣いていたのだろうか。ふと、女の子たちの嬌声が聞こえる。

顔を上げると、道の向こうにグレーのブレザーの制服を着た、五、六人の女生徒が歩いているのが見えた。幼い顔立ちからすると中学生だろうか。何か楽しいことでもあったのか、みんな笑顔で、鮮やかな色の傘をくるくると回している。

その姿が、手芸部の子たちと重なった。

手芸部はどうなるのだろうか。三河の訃報を受けてから、文化祭の準備は止まったままだった。しかし、自分もみんなも、もう気力が失せてしまっている。きっと、このまま文化祭は中止になるのだろう。

〝大山先生――〟

そのとき、健太郎の耳に、三河の優しい声がこだました。ふと、最後に三河と話した会話が蘇る。

〝手芸部の文化祭をぜひ成功させてあげてね〟

あれは、三河の最後の願いだったのではないだろうか？

「!!」

健太郎は雷に打たれたようにカッと目を見開くと、雨の中、猛然と走り出した。


葬儀の帰り道、塔子とチカは無言で学校に向かうバスに揺られていた。

車内はガラガラで、後ろの二人席に並んで座ったが、お互いが別方向を向き、ぼんやりとしていた。

白く煙った窓の外には、糸のように細い水滴が絶えず流れている。雨は止む気配を見せず、その空模様は、手芸部みんなの気持ちを表しているかのように重苦しかった。

先生たちからは、「今日はそのまま帰宅していい」と言われ、葬儀会場で部員たちは解散したのだが、塔子とチカは相談するとはなしに、学校に向かうバスに乗っていた。

明日は文化祭だった。

三河が亡くなったことは全校生徒に伝わっていたが、文化祭は予定通り行われることになった。生徒たちの動揺は隠せないが、やはり一年前から準備している部もあるし、学校全体の行事として中止するわけにはいかなかったのだ。

しかし、三河急死の報せを受けてから、手芸部の作業はすべてストップしていた。展示会の設営は何一つやっていなかったし、明日の午後一時から行われるファッションショーも、何も準備しておらず、衣装はまだ二十着近く縫製を残していた。

文化祭は無理だ。

塔子とチカはそう思っていた。三河が亡くなってしまった今、二人はもうそんなことをやろうとする気持ちにもならなかった。時間的にも、もう間に合わなかった。

そのことを文化祭実行委員に報告しようと、二人は学校に戻ってきていたのだ。事情はわかってくれると思うが、ファッションショーの準備では他の部や、モデルになってくれる女生徒たちをたくさん巻き込んでしまったので、きちんと説明して、謝罪しなければと思っていた。

校門前でバスを降りると、二人は傘を差して並んで歩いた。ずっと会話はないままだ。今日は授業が休講になっていて、全校生徒が文化祭の準備に取りかかっていた。昇降口には『水之江高校文化祭』の立て看板が設置されようとしている。男子生徒たち数人で、三メートル以上もある大きな看板を運んでいた。三河はもう二度と、この昇降口を通ることがないのだと考えると、塔子はまた泣きそうになる。

まだ午後三時を過ぎたくらいだったが、雨の暗い天気のせいで、教室のあちこちには明かりが点いていた。

「おい」

昇降口の上を見ながらチカが指を差す。塔子が顔を上げると、二階の被服室に明かりが点いていた。今日は誰もいないはずなのに。

塔子とチカは顔を見合わせ、急いで昇降口に向かった。

被服室の扉を開けると、中央の席に健太郎が座っていた。

大きな背中を丸め、ファッションショーで使うブラウスのボタンつけをしている。

「何やってるんですか？」

塔子が尋ねるが、健太郎は無言で針を動かす。

「ボスゴリ、そんなのやっても無駄だ」

「そうです、手芸部の文化祭は中止です」

それでも健太郎は針を止めなかった。

「ボスゴリッ！」

チカはつかつかと近づき、ブラウスを取り上げる。「もうやめろっ！」

すると健太郎はゆっくりと立ち上がり、今度はその隣のテーブルに置いてあったフェルト細工に手を伸ばした。そしてまた糸を通し、フェルトのぬいぐるみを縫おうとする。

「やめてくださいっ！」

塔子が叫んだ。

「三河先生は、自分のことで文化祭が中止になったら悲しむと思う」

健太郎がポツリと呟くと、塔子とチカがハッと目を見開く。

「……俺は三河先生からパスをもらったんだ」

健太郎はゆっくり顔を上げ、二人を見た。

「俺は不器用だし、みんなの足をひっぱってばかりだし、手芸のことなんて全然わかっちゃいない……でも、俺は、三河先生からパスをもらったんだ」

文化祭、必ず遊びに行くからと、三河は電話で力強く言っていた。でも、もしかしたら、文化祭まで自分の命がもたないことをわかっていたのかもしれない。それを見越した上で、健太郎に手芸部を託していたのかもしれない。

〝大山先生だから、手芸部をお願いしたの〟

きっと三河は、健太郎なら自分の遺志を引き継いで、自分がいなくなったあとでも、ちゃんと文化祭をやってくれると信じて言ったのだ。三河はあのとき、自分の想いを、魂を、健太郎に託していたのだ。

それならば、今の健太郎がやるべきことは、三河のために文化祭を成功させることだ。文化祭は手芸部にとって一年に一度の大切な晴れ舞台なのだ。三河は手芸部の文化祭を成功させたいと最期まで願っていた。だから、たとえ部員みんながやれないと言っても、自分だけは最後まで諦めずに、文化祭の準備を続けるのだ。一人になってでも文化祭をやりとげるのだ。

気がつくと、塔子とチカの後ろに聡子、理子、まりな、芽衣が立っていた。みんな、紺のブレザーが水滴で光っている。きっと、文化祭の準備が気になって、雨の中、急いで戻ってきたのだろう。

健太郎は、彼女たちの顔を見渡しながら言った。

「俺は諦めない。試合が続いている限り、諦めたらダメだ。それがラガーマンだ」

手芸もラグビーも同じだと三河は言っていた。健太郎の持ち味は、ひたすら前を向いて走り続けることだ。最後の最後まで諦めずに努力を続けることなのだ。

自分は、三河からパスをもらったのだから――。

そして再び、ブラウスのボタンつけをしようと手を伸ばした。

するとチカが目を吊り上げて近づき、それを奪い取る。

「手芸とラグビーを一緒にすんなっ！」

健太郎がポカンとしていると、塔子とチカは窓際の棚に行き、ミシンを取り出した。

キリッとした顔を向けた塔子が、声高らかに宣言する。

「私たちで、最高の文化祭にしてみせますっ」

それを合図に、聡子、理子、まりな、芽衣が一斉に動き出した。

夕方になると、いつの間にか雨が止んでいた。雲の隙間から、オレンジ色に染まった空が覗き、いくつもの光の筋が見えた。

手芸部の六人は、本格的に準備を始めた。展示会の設営は聡子と芽衣で行い、残りの四人はファッションショーの準備に集中した。

展示会は、教室に飾りつけをする予定だったが、そこは割愛してシンプルに作品展示と販売場だけ設置することにした。展示する作品は予定より少なくなってしまったが、壁やテーブルが寂しくならない程度には揃っていて、販売グッズもそれなりの数を並べることができた。展示会のほうは、なんとかそれで形になりそうだ。

しかし、問題はファッションショーのほうだった。もともとギリギリのスケジュールだった上に、二日間、作業が止まってしまったのだ。

ショーは明日の午後一時から体育館で行われ、二十人のモデルには朝の九時から準備を始めてもらう予定だった。それまでに六十着の服を用意しなければいけないのだが、まだ二十着近くが未完成のままなのだ。縫製ができるのはチカと理子とまりなだけで、しかも速くて正確に縫えるのはチカだけだ。

健太郎は、ファッションショーに出す服を減らしたらどうかと提案したかったが、それは無理だと即座に考え直した。チカは六十着の服すべてで、一つのショーになるような演出プランを考えていた。それぞれの服のイメージに合わせて音楽や照明を変える予定だし、ナレーション原稿もすべてその流れで作っていた。いまさら、出来上がってい る服だけで、ショーの構成を変えていくのは不可能なのだ。ショーを成功させるために は、予定していたすべての服を作り上げなければならない。

しかしもうリミットが迫っていた。

健太郎はチラリと腕時計を見る。時刻は午後八時半を回っていた。文化祭の前日は午後九時まで学校に残っていいことになっていたが、当然その時間内ではまったく間に合わなかった。

それでもチカはミシンにかじりつくようにして、ずっと縫製を続けている。そんな先輩の頑張りにひっぱられ、理子とまりなも休憩も取らずに一生懸命、ミシンを動かしていた。展示会の設営を終えた聡子と芽衣も、塔子と一緒にボタンつけやファスナーつけや、ファッションショーで使う小物作りを手伝っている。

みんな、帰る気配を見せず、黙々と作業を続けていた。徹夜をしてでも仕上げたいという気持ちが彼女たちからは伝わっていた。

学校は徹夜での準備を禁じていたが、過去には一部の男子生徒が、準備が間に合わずに泊まり込んだことがあるらしい。そういう場合、数人の教員が一緒に泊まってあげ、対応したという。しかし、女生徒となると、そう簡単にはいかないだろう。

彼女たちには無理をして欲しくない。でもここまできて諦めさせたくない――。

健太郎は職員室に行くと、学年主任の横田と、文化祭を取り仕切る生活指導の黒瀬に、「手芸部の子たちをこのまま残らせることはできないか」と、相談した。

「女の子だし、ダメだよ。今日はもう帰しなさい。明日の朝早くに登校させて、間に合う範囲でやらせればいいだろう」

四十代後半の熟練教師である黒瀬は、取りつく島がない口調で、渋い顔を横に振る。

「自分が彼女たちのことは責任を持ちますので、命がけでフォローしますのでどうかお願いします！」

それでも健太郎は食い下がった。

「そんなこと言われてもねぇ……」

「お願いします！」

「大山先生、あなた一人で責任は持てないでしょう」

すると、横田が厳しい顔で口を挟んだ。

「でも……」

「ですから、私が責任を持って対応にあたります。よろしくお願いします」

なんと、横田が一緒に頭を下げてくれた。

「私も協力しますよ、三河先生の隣りの席だったよしみもあるしね」

話を聞いていた国語教員の斉藤も加わってくれる。

「保健室を仮眠室にしましょう」

「足りない布団は宿直室から持って来ましょう」

他の教員たちも次々と協力を申し出てくれる。

「みなさん……」

健太郎は胸が熱くなった。三河のために手芸部の文化祭を成功させたい。誰もが同じ気持ちだったのだ。

断固認めない姿勢だった黒瀬だが、さすがに大勢の教員の熱意に囲まれると、

「……それじゃあ保護者の方たちの了解が取れるならいいでしょう」

と、ついには了承してくれた。

「ありがとうございます！」

健太郎はみんなに何度も頭を下げた。横田も嬉しそうに健太郎の背中を叩く。

これで準備は整った！

健太郎はすぐに被服室に戻り、学校に泊まって作業したい者は残っていいことを告げた。しかし強制してはいけないので、ちゃんと希望を取ることにする。

すると案の定、全員が残ると言い出した。芽衣などは大丈夫かと心配したが、「残ります」と毅然とした顔をする。

「わかった。それなら全員がご両親に連絡して、了解を取ってくれ。もしご両親が反対するならこのまま帰るんだ」

「めんどくせーな」「別に平気なのに」

みんなはブツブツ言いながらも、スマホや携帯を取り出す。

「もしご両親が説明を求めたら、先生がちゃんと電話に出るから言ってくれ」

「おめーなんかの世話にはなんねーよ」

チカが悪態をついた。

それぞれがメールを打ったり電話したりして両親と連絡を取った。チカ、理子、まりな、聡子はすぐに承諾が取れた。塔子と芽衣は廊下に出て電話をしている。

「あの……」携帯電話を持った芽衣が、おずおずと教室に戻ってきた。「お母さんが先生と話したいって」

「わかった」

健太郎は芽衣から携帯を受け取った。きっと芽衣の両親は厳しいのだろう。もし、反対されたなら、すみやかに帰宅させせないといけない。

「お電話代わりました、手芸部顧問の大山です」

「大塚芽衣の母です」

少し険のある女性の声だった。娘が無茶なことを言い出して、戸惑っているに違いない。

「娘が学校に泊まりたいと急に言い出したもので」

「申し訳ありません」

健太郎は三河のことや、手芸部の事情を説明した。

「お母様が心配されるのはごもっともです。無理にやらせたりはしませんので、お母様が反対されるのでしたら、娘さんはこのまま帰宅させます」

健太郎がそう言うと、「いいえ」と遮られた。

「うちの娘がそんなことを言うのは初めてなもので、びっくりして……あの、変なことを伺いますが、娘は学校で楽しくやっているんでしょうか？」

「あ、はい。手芸部で頑張っておられますよ」

きっと人見知りで友達の少ない芽衣は、家でもあまり学校の話をしないのだろう。

「手芸部では仲間もたくさんいて、それで、今日も友達みんなで泊まり込みで作業をすることになって」

「そうだったんですか……」

電話の向こうから安堵の声が漏れる。「私も主人も仕事であまり構ってやれなくって、ちょっと心配していたものですから」

「あの、娘さんを学校に泊まらせても大丈夫でしょうか？」

「はい、大山先生、どうぞよろしくお願いいたします」

「ありがとうございます！　明日から文化祭なので、お母様もぜひいらしてください！」

「ええ、ぜひ」

「先生ありがとうございます」

健太郎が電話を切ると、横にいた芽衣がすぐに頭を下げた。

そのとき、塔子が教室に戻ってくる。

「町田はどうだった？」

「はい、大丈夫です」

塔子が微笑んだ。

これで全員の保護者から了解が取れた。いよいよみんなで作業にかかれることになる。

「よしっ、もうひと踏ん張りだっ、頑張ろーっ！」

「おーっ！」

健太郎のかけ声に、女の子たちがこぶしを突き上げる。いつもは体育会系のノリを馬鹿にする子たちなのに、今日は気合いが違う。

そこからはフルスロットルで作業を進めた。

チカと理子とまりなは一心不乱にミシンを動かし、塔子、聡子、芽衣はそのフォローに回った。

時刻は午後十一時になろうとしていたが、みんな休まず作業を続けていた。まだまだ先は見えなかった。

「少しは休憩したらどうだ？」

「……」

健太郎が食事や休憩を勧めても、誰も休もうとはしなかった。

しかし、夜が更けてくると、みんなどんどん顔に血の気がなくなり、目がうつろになってくる。どう見ても、限界が近そうだった。このまま作業を続けられそうにないし、文化祭前に倒れてしまいそうで心配になる。

そのとき、健太郎のスマホに着信が来た。

『今、篠崎駅を出てタクシーで向かっています』

紗英からのメールだった。

来たっ!!　健太郎は被服室を出て慌てて昇降口に向かう。

実はさっき、生徒たちが両親に連絡していたとき、健太郎は藁《わら》にもすがる思いで紗英に電話をかけていた。事情を説明して、「今から、水之江高校に来ることはできないか？」と相談すると、

「行ってあげたいけど……まだ仕事が終わらなくて」

紗英は心配してくれたが、返答を渋った。当然だ。こんな急な呼び出しに応えられるわけがない。

「悪かった、こんなときに電話して」

「もし行けるようになったら連絡するね」

「ありがとう」

そう言ったものの、期待はできなかった。それですっかり諦めていたのだが、その紗英が、高校に向かってくれているというのだ。

校門の前まで駆け出した健太郎は、そこで紗英を待った。数分後、夜の暗闇の中、タクシーのライトが近づいてくるのが見える。

「大山君！」

タクシーの助手席から紗英が降りると、後部座席からは紗英と同年代の女性二人が降りてきた。

「会社の子たちに声をかけたら、手伝ってくれるって」

驚いている健太郎に紗英が説明してくれる。なんと、会社にいた紗英が事情を話すと、裁縫のできる女性が二人、手伝うと言ってくれたのだ。

「ありがとうございます！」

健太郎は女性たちに深々と頭を下げた。感激で胸が張り裂けそうだった。みんな働いていて、こんな夜遅くに大変なはずなのに、見ず知らずの高校生たちの文化祭準備を手伝ってくれるなんて。

「そんなことしなくていいから」

「私たちも文化祭の準備なんて久しぶりで楽しみです」

「早く案内して！」

誰もが優しい言葉をかけてくれる。

頼もしい助っ人を連れて、被服室に戻ると、生徒たちの表情が明るくなった。

「何をすればいいかな」

「それじゃあ……」

紗英に聞かれて、塔子が作業の割り振りを指示する。

「大山先生、町田さん、ちょっと」

そのとき、職員室からやってきた横田が扉から顔を出し、健太郎と塔子を呼び出した。

二人で廊下に出ると、「町田さんのお母様が心配して、電話をかけてきましたよ」と、横田が厳しい顔をする。すると、塔子はバツが悪そうにうつむいた。

「ご両親に連絡していなかったんですね」

「どうせ言ったら反対されるから……」。塔子が蚊の鳴くような声で呟く。

「町田……」

「うちの親、厳しいんです」

塔子は反対されるとわかっていたので、学校に泊まることを両親に連絡しなかったらしい。さっきは廊下に出て、電話をするふりをしていたのだ。

手芸部部長である自分は絶対に帰りたくなかったので、既成事実を作って強引に泊まろうとしていた。冷静で頭のいい塔子にしてはずいぶん浅はかな考えだ。

「なんで電話の一つもかけさせなかったんですか！　どれだけ心配したと思ってるんですかっ！　警察に相談するところだったんですよ！」

職員室に行った健太郎が電話に出ると、塔子の母親がヒステリックにわめいた。

事情を説明しても聞く耳を持たず、「うちの子を学校に泊まらせるなんてとんでもない！　とにかくタクシーに乗せて、今すぐ帰らせてください」の一点張りだ。

「私は帰らないからっ」

すると受話器を奪った塔子が強い口調で言い放った。

「明日は一番大事な日なの。この一年、この日のためにみんなで頑張ってきたの。絶対に帰らないからっ」

塔子が珍しく語気を荒らげ、受話器の向こうからは母親の甲高い声が響く。塔子がそのまま受話器を置こうとするので、

「待てっ！」

健太郎は慌ててそれを止めた。

「お母さん、申し訳ありません。我々も親御さんが反対されているのを無理矢理泊まらせたりはしませんので」

「当たり前です！」

「はい。では、このままお嬢さんは帰宅させます」

「いやです！」

横で塔子が叫ぶ。気持ちはわからないでもないが、さすがにこのまま泊まらせるわけにはいかなかった。

「貸せっ」

するといつの間にか職員室にやって来ていたチカが、受話器を奪う。

「おばさんさー、そんなに心配なら、あんたもこっちに来れば？」

チカは顎をクイッと上げ、不遜にそう言った。

「な、長島！」

健太郎は目を白黒させる。なんて口のきき方だ。

すると、誰だと聞かれたようで、「あたし？　あたしは塔子の親友だよ」と胸を張った。その言葉を聞いて、塔子は泣きそうな顔をする。

「あたしらさ、この文化祭に命かけてんだよ。おばさんだって、塔子が三河先生のことすっごく好きだったってこと知ってんだろ？　その三河先生のためにこっちは死ぬ気で頑張ってんだよ。夜遊びとか変なことするわけじゃねぇしよ、ちっとは娘のこと信用してやれよ。おばさんの娘はまじめでしっかりもんで、面倒見が良くって、部員みんなに慕われてる、最高の部長なんだぞ」

「そうですよ、塔子先輩がいないと困るんです！」

今度は受話器を奪った聡子が必死に叫ぶ。

「お願いします！　塔子さんの外泊を許してください！」

手芸部のみんなが、受話器に向かって叫んだ。

塔子はその横でうつむき、涙ぐむ。

「……もしもし？」

健太郎が恐る恐る電話に出ると、母親の声のトーンが落ち着いていた。

「どうやら今日は本当に文化祭の追い込みなのね？」

「はい。手芸部全員と教員が徹夜で対応に当たる予定です」

母親は深くため息を吐くと、

「絶対に先生方で責任を持ってくださいね！　何かあったら承知しませんからね！」

厳しい口調ながらも、ついには許しが下りる。

「ありがとうございます！」

健太郎が声を弾ませると、手芸部全員がワッと湧いた。職員室の戸口で様子を見にきていた紗英が、健太郎に向かってピースサインを送ってくれた。

それからは脇目もふらずに全員で集中した。紗英が連れてきてくれた頼もしい助っ人のおかげで、作業は驚異的に進むようになった。ハンガーには次々に出来上がった洋服が掛けられていく。

展示会は設営を終えていたが、殺風景な教室を明るくしてあげたいと、紗英がスノーマンやハートのチェーンを紙で作ったり、ティッシュフラワーを作って、壁や天井を賑やかにしてくれた。

そして夜が明けるころ、作業に終わりが見えてきた。健太郎はそっと教室を抜け出すと、彼女たちのための食事を近所のコンビニまで買いに行く。

「大山先生」

健太郎が昇降口を出たところで、塔子が追いかけてきた。

「さっきはすみませんでした」

両手を前で揃え、丁寧に頭を下げる。

「いや……」

そのまま二人で、コンビニまでの道を歩いた。少し寒いが、夜明け前の静謐《せいひつ》な空気が心地いい。

「うちの親、ちょっと異常なんです……私、一人っ子だから、束縛が激しくて」

「町田のことを大切に思っているんだよ」

「そうじゃないんです。世間体ばっかり気にしてるんです。私は出来が悪いから、変なことをしでかさないか心配なんです」

「そんなことはないだろう」

「母は怒ってばかりで、一度も褒めてくれたことがないんですよ」

「そうなのか？」

「模試で、学年一位を取ったときも、『こんなレベルの低い高校で一番になったってしょうがない』って言ったんです」

塔子は寂しそうに笑う。

「でもご両親は立派だと思うぞ」

「どこがですか」

「町田はすごくいい子に育っている」

「……」

塔子は複雑な顔でうつむき、首を振った。

「私はいい子じゃありません。ただ気が小さくて、親に反抗できないだけなんです」

「さっきは反抗してたじゃないか。『私は帰らない！』って、格好良かったぞ」

「あれは必死だったから……」

「たまにはああやって、自分の気持ちをぶつけてもいいんじゃないか？」

「……はい」

塔子は照れながらも嬉しそうに微笑んだ。

「私、初めて母の言うことに逆らっちゃいました。ちょっと足が震えました」

「いいんだよ、それで」

「先生、ありがとうございます」

きっとまじめな塔子は一生懸命、親の言う通りのいい子になろうとしてきたのだろう。そして心の内に、ストレスを抱え続けていたのかもしれない。もしかしたら、そんな辛さや窮屈さを、手芸を頑張ることで紛らわせていたのかもしれない。

みんな手芸に支えられているんだな……。

健太郎は改めて思う。

コンビニから戻ってくると、昇降口に紗英と友人たちが出てくるのが見えた。

「準備が終わったみたいだから、私たちは帰るね」

紗英が優しく笑う。化粧は落ち、髪は乱れていたが、とてもすがすがしい顔をしていた。

三人ともすごく綺麗だと思った。

「朝食を買ってきたから食べてからにしないか？」

「うん、でももう始発があるから」

「……そうか」

健太郎は慌てて片方のコンビニの袋を紗英に差し出す。

「じゃあこれ持って帰ってみんなで食べてくれ」

「うん、ありがとう。じゃあ文化祭頑張ってね」

「ありがとうな」

本当はこんな簡単な礼で済むものではない。見ず知らずの高校生たちのために、朝まで頑張ってくれたのだ。彼女たちがいなかったらこれほど早くは終わらなかっただろうし、間に合わなかったかもしれない。仕事途中に駆けつけ、睡眠を削り、貴重な時間を割いてくれたのだ。

健太郎は感謝しつくせぬ思いで、朝日を浴びながら帰っていく紗英たちの後ろ姿を見送った。女の子なんだし、徹夜なんてすごく大変だっただろうに、さらりとやって、恩着せがましくならないように、さらりと帰ってしまうなんて——。

かっこいいな、望月さんも、友達も。

健太郎は、自分もあんな風になりたいと思った。あんな風に、さらりと誰かの役に立ちたいと思った。彼女たちに何かあったときは、何を措《お》いてでも協力してあげよう。

作業が一通り終わり、手芸部の六人は保健室と宿直室に分かれて仮眠を取った。

誰もいなくなった被服室に、健太郎は立っていた。正面の窓からは、眩しい朝日が差し込んでいる。ハンガーにはチカと理子とまりながデザインした、六十着の服すべてが掛かっていた。

これで準備は整った。

健太郎は眉間にしわを寄せ、カッと目を見開く。

しかし、まだ、これからだ。絶対に、気を抜いてはいかんのだ！

体の芯からふつふつと、熱いものが込み上げてくる。自然とこぶしを握る手に力が入る。健太郎はラグビーの大一番の試合に臨むとき以上に、気合が入っていた。自分はこの日のために教師になったのだと思えるくらいの、大きな使命感に燃えていた。

三河先生のために、手芸部の子たちのために、絶対に文化祭を成功させてやる！

はやる気持ちを抑えようと、静かに息を吐く。時刻は午前六時を過ぎたところだった。

決戦は数時間後に迫っていた。

そして、午前十時、いよいよ水之江高校の文化祭が開催された。

四階東塔の一教室を借りた手芸部の展示も、定刻通りに公開された。教室の後ろが入り口になっていて、まずは作品展示を見てもらい、前の扉の手前に販売コーナーがあるので、そこで気に入った人には小物を買ってもらうようになっていた。なんと手芸部の子たちの計らいで、健太郎の刺繍は額に入れられ、入り口の一番近くに展示されていた。入場した客が一番初めに目につくところだ。ちょっと恥ずかしいが、生徒たちの気持ちが伝わって、とてもありがたい。

土曜の午前中のせいか、客の入りはいまいちだった。教室にはだいたい二、三人の客がいる程度だ。しかしみんな販売コーナーで足を止め、「かわいい」「欲しい」と興味を持ってくれる。今年は塔子と聡子が工夫して、どの小物も女の子に受けるかわいらしい色使いとデザインにしていた。

そして展示会の立ち合いをする芽衣を一人残し、他の五人と健太郎は屋上に来ていた。午後からのファッションショーに備え、練習をしていたのだ。本当は昨日の午後に、一時間ほど体育館の舞台を貸し切ってリハーサルをする予定だったのだが、それができなかったからだ。

健太郎が舞台の大きさに合わせて地面にチョークを引き、CDラジカセから曲を流すと、音楽に合わせて順番に生徒たちがウォーキングをしていった。正直、こんなリハーサルで、うまくいくのかわからない。

そんなことをしているうちに、あっという間に十二時を回り、体育館に移動する時間になった。

「みんな」

健太郎はぞろぞろと移動を始める二十人のモデルの女の子たちを呼び止めた。

「今日は、手芸部のためにモデルを引き受けてくれてありがとう！」

健太郎は頭を下げた。

「先生が至らないばかりに、こんなギリギリの慌ただしい練習になってしまって申し訳なかった。でも手芸部の子たちは、この日まで、本当にすべてを犠牲にして、頑張ってきたんだ。どうか、みんなの力を貸してほしい。お願いだ」

健太郎は再び頭を下げる。

「あーうぜえっ」

背後からチカの声が飛んできた。

「おめーがそんな卑屈《ひくつ》に頼まなくたって、こいつらはちゃんとやってくれんだよ！」

女の子たちからクスクスと笑いが漏れる。

「そうそうボスゴリ重いっす」と理子もニヤリと笑った。

「みんな、かわいい服着れるんだから～、頑張るに決まってんじゃん！」

モデルの一人として出場するまりなは、自分がデザインした不思議の国のアリスのような丸袖のワンピースを着てご機嫌だ。

「さぁー行きましょー！」

聡子の号令のもと、みんなで移動を始めた。

「町田」

健太郎は最後に屋上から出ようとする塔子を呼び止めた。

「頼んだぞ」

そう言うと、塔子は唇をかみしめ、強く頷く。

ここからは、もう何もできない。健太郎は彼女たちを見送るしかなかった。

ファッションショーは舞台の袖で、着替えながらやる予定だった。男の健太郎はもちろん入るわけにはいかないし、あとは何があっても、すべて彼女たちに任せるしかないのだ。

三河先生、見守っててください。

健太郎は心の中で祈った。


体育館の客席は思った以上に盛況だった。すべての席が埋まり、立ち見客もちらほらと見られる。やはりほとんどが女の子だ。文化祭で初めて催されるイベントとあって、みんな興味津々に目を輝かせている。

健太郎は客席の一番前の端に立ち、もう一度頭の中で手順を確認した。副調室にいる放送部の生徒たちには、ショーで使うCDは渡してあるし、ナレーション担当の女生徒もスタンバイしてもらっている。照明は体育館二階の通路から、演劇部の生徒たちがスポットライトを構えてくれている。よし、大丈夫だ。

「ボスゴリ」

声をかけられて振り向くと、チカが立っていた。

「長島、何やってるんだ。もう本番だぞ、早く戻れ」

「頼みたいことがあるんだ」

「何だ？」

「写真、撮ってくれないか？　ファッションショーの。少しだけでもいいから」

神妙な顔でチカが言う。

「わかった」

健太郎がスマホを取り出すのを確認すると、チカは踵を返し舞台袖に戻った。

午後一時、ヒップホップの軽やかな曲とともに、幕が降りた舞台に照明が灯った。オレンジ、青、黄の丸い照明が、クルクルとその中央を回っている。ゆっくりと幕が開き、ファッションショーが始まった。

音楽が大きくなると、舞台の下手から二人の女の子が手をつなぎながら登場する。チカのファッションショーのコンセプトは〝カラフル〟だ。十代の女の子が好きそうな、濃いピンクや鮮やかなグリーンやスカイブルーなど、マーブルチョコをちりばめたような明るくにぎやかな色彩のワンピースやチュニックを着た女の子たちが次々と登場する。きっと明るく楽しい雰囲気を表現したかったのだろう。その世界観は、チカと理子とまりなそのものだと思えた。三人でバカ話をしながら楽しく服を作っていった、そんなキラキラした日常が見事に表現されていた。

「かわいいー」

「あの服欲しい！」

チカの楽しい世界観が伝わるのか、客席の女の子たちからも、ため息が漏れる。小物も好評なようで、「あれ手作りかな」「どこで買ったんだろう」と、女の子たちから熱い視線が注がれた。モデルが持っている籐のバッグは塔子が編んだもので、花の髪飾りは聡子が、胸の人形のブローチは芽衣が作っていた。

手をつないで登場したモデルは、舞台中央奥でまずポーズを取り、一人ずつ前に出て、左袖で一回、右袖で一回ずつポーズを取ったあと、中央前で最後にポーズをとって、後ろに下がる段取りになっていた。そして一人が後ろに戻ると、待っていたもう一人が交代して、同じように前に出てポーズを取る。

本当はチカは、舞台からせり出たランウェイを作りたかったようなのだが、さすがに予算が足りないし、前後に他の部の演目が詰まっていたので、そこまでのセットを組み立てる時間的余裕がなかった。しかしランウェイがなくても十分ファッションショーになっている。

次々と音楽に合せてモデルが登場してくる。まりなも笑顔で出てきた。さすが読者モデル希望とあって、他の女の子たちよりもはるかにウォーキングがうまかった。トレードマークのツインテールを揺らしながら、かわいらしく堂々とポーズを決める。昨日までずっと泣いていて、今日も寝不足なはずなのに、そんなことをみじんも感じさせない見事なモデルっぷりだった。

まりなが舞台袖に引っ込むと、健太郎は心配そうに暗幕に隠された舞台奥を見つめる。モデルの子たちはあの中で、次のショーのための着替えをしているはずだ。まりなを除く五人が、あの中で待機していて、戻ってきたモデルを着替えさせる算段になっていた。ぎりぎりまで服を作っていたので、試着もろくにできていないのだが、果たして大丈夫なのだろうか。

健太郎には祈ることしかできない。

素人モデルがほぼぶっつけ本番でやっているせいか、緊張でしっかりとポージングができなかったり、歩くのが速くなったりして、音楽が終わる前に、舞台袖に引っ込んでしまう子が多くなった。このため、音楽とモデル登場のタイミングが合わなくなってくる。

健太郎は慌てて舞台横の入り口から、舞台袖に通じる戸口まで行くと、戸をコンコンと叩いた。

「もっとゆっくり、時間をかけてポーズを取ってくれ！」

中にいる女の子たちに向かって叫ぶ。

「あいよっ！」

聡子の元気な声が聞こえた。

するとと女の子たちから悲鳴が上がった。健太郎はびたりと戸口に顔をつける。

「きゃあっ！」

「どうしたっ！」

「緊急事態！　服が破れちゃった」と聡子。

「何いっっ！」

しかし健太郎が中に飛び込むわけにはいかない。

「あ、でも大丈夫、すぐに塔子さんが縫ってくれてる」

「よっしゃぁぁ！」

健太郎は思わずガッツポーズした。さすが塔子だ、頼りになる。

「うるせぇよ！　ボスゴリッ」

チカの怒号が飛んできた。

それから健太郎は、写真を撮りながら、祈るような気持ちで舞台を見つめ続けた。そして、ついにフィナーレの曲がかかり、ファッションショーは終焉を迎える。最後はモデルの女の子全員が登場し、彼女たちの手拍子に促され、手芸部の六人が舞台に現れた。その一番中央に立つのはチカだ。するとチカは、舞台袖近くにいた塔子に歩み寄り、その手を取る。

そして塔子と手をつないで、二人で舞台の中央に進んだ。

健太郎はその光景に鳥肌が立った。

塔子とチカが手をつないで、舞台の中央でスポットライトを浴びていた。その周りには聡子、理子、まりな、芽衣。みんな笑顔で、そして少し目を潤ませながら、誇らしげに立っている。

三河先生、やりましたよ。

健太郎は腕がちぎれんばかりの拍手を送り続けた。

ファッションショーが終わると、手芸部の展示会が大変なことになった。ショーを観終わった生徒たちが押し寄せたのだ。ショーで使ったバッグやブローチや髪飾りなども売っていたので、それらの小物が飛ぶように売れた。

ショーで着ていた服の展示を始めると、会場はさらに盛り上がった。手芸部の教室は常に大勢の生徒たちでにぎわい、作ったグッズは次々と完売し、どうしても欲しいという生徒たちには予約を受け付けることになった。

訪ねてきたOGたちは、「去年と全然違う！」「すごいじゃない！」とみんな口々に驚いていた。

手芸部はその歴史以来、最高に盛り上がった文化祭になったのだ。

こうして日曜日の午後六時、文化祭は終了した。

客は一人もいなくなり、販売スペースはグッズがすべてなくなり、展示コーナーだけが残された教室の中央に、手芸部の六人は佇んでいた。

放心状態、という感じだ。

六人は何もしゃべらず、ただぼんやりと、それぞれが教室に視線を這わせていた。

ファッションショーも、展示会も大成功だった。でも六人はその喜びをかみしめる余裕すらなかった。

とにかくやっと終わった――。そんな脱力感でいっぱいだった。

おとといからろくに休まずに、ここまで走り続けたのだ。

それは健太郎も同じだった。ただぼんやりと彼女たちと一緒に佇んでいた。ザワザワと、周りの教室で始まった片づけの音だけが耳に響く。

「うっ、うっ……」

そのとき、教室に小さな嗚咽が漏れた。

芽衣が両目から大粒の涙を零していた。

「うっ……うっ……うわ――ん！」

こらえきれなくなった芽衣は声を張りあげ、その場にしゃがみ込む。

その姿を見た五人も、堰を切ったように嗚咽を漏らし、泣き始めた。教室には女の子たちの泣き声が響く。みんな、文化祭を無事に終えた安堵感と、三河への思いがあふれ、感極まったのだ。

健太郎はキュッと唇をかみしめた。自分がここで泣いてはいけない。教師としてのプライドで、無理矢理涙を押し留める。

「みんな、格好良かったぞ。よく頑張ったな」

そう声をかけると、泣き声はさらに大きくなった。

彼女たちには存分に泣かせてあげよう。

健太郎は一人で片づけを始める。するとしばらくして、みんなも鼻をすすりながら、展示物を片づけ始めた。

ふと健太郎は、教室を出たチカが戻ってきていないことに気づく。

どこに行ったんだろうか？

もしやと思って被服室に行くと、室内にか細い泣き声が響いていた。教室の奥を覗いてみると、窓際の壁に座り込んだチカが、膝に顔をうずめて肩を震わせている。

「長島……」

健太郎はチカの前に立った。

チカは鼻をすすりながら顔を上げると、手のひらで乱暴に頬の涙をぬぐった。

「……あたしさ、小さいとき、ばあちゃんに育てられたんだ。親が面倒見きれなくてさ……」

チカは膝を抱えたままポツリポツリと話し始める。

「ばあちゃんは昔、テーラーショップに勤めてたから、裁縫が得意でさ」

「それで長島も裁縫を始めたんだな」

チカは頷く。

「ばあちゃんさ、去年、施設に入ったんだ。認知症がひどくなっちゃって……そしたら、あたし、どうしてもファッションショーがやりたくなって……」

健太郎は納得がいった。昨日、ファッションショーの写真を撮ってくれと頼んだのは、祖母に見せるためだったのだ。きっとチカは、裁縫を教えてくれた祖母に自分のファッションショーを見せて、元気づけてあげたかったのだろう。

「でも、やらなきゃよかった……」

チカは喉を震わせると、再び涙ぐむ。

「あたしのわがままで、塔子とケンカになって、三河先生を困らせた……」

チカはまた泣き声を上げた。

「あたしのせいで……三河先生はずっと心配したまま死んじゃった……」

「そんなことはないぞ」

「あたしのせいだ」

「ちがう！」

その声に振り返ると、教室の入り口に塔子が立っていた。

「チカは悪くないよ」

「ごめん、塔子」

塔子はチカの隣りに座り、その肩を優しく抱いた。チカの嗚咽がさらに激しくなる。

「私がチカのことを応援してあげられなかったから。つまらない意地を張ったせいで、三河先生を困らせたの」

「ちがう、あたしのせいだ」

「私だよ」

「誰も悪くないぞ！」

健太郎は叫んだ。

「みんな立派だ、誰も悪くなんかない。君たちは一生懸命、手芸部のことを考えてくれた。そのおかげで、文化祭は大成功したんだ。三河先生も可哀想じゃない。君たちが仲良くなったことはわかっていたし、喜んでた。だから泣くな。いや、今日は泣いてもいいが、もうそのことで悩む必要はないんだ」

健太郎が必死にそう言うと、二人はうつむき、額をくっつけながら嗚咽を漏らした。その頬から涙の滴がキラキラと零れ落ちる。

人には必ず終わりが来る。
だから毎日を、一瞬一瞬を大切に生きていかなければいけないのだ。

きっと塔子とチカは三河の死によって、生きることの大切さを知ったのだ。だから今、もう二度と戻れない日々を悔やんで、涙しているのだ。
健太郎もそうだが、まだ若い彼女たちは、将来いつか終わりが来ることなんて、考えもしなかっただろう。しかし三河は自分の死によって、かけがえのない今を生きることの大切さを、教えてくれたのだ。
それは三河が最後にくれた大切な贈り物なのかもしれない。

健太郎は今日のこの日を、この一瞬を、絶対に忘れないと思った。

自分がこの先、何十年教師を続けようと、どんな経験をしても、どんな人生を送ろうとも、今日のこの日を忘れないでいようと思った。


手芸部六人の頑張り。塔子とチカの涙。

笑顔で協力してくれた、モデルの女の子たち。

スタッフを買って出てくれた、演劇部や放送部の生徒たち。

夜明けまで手伝ってくれた紗英とその同僚たち。

横田先生、斉藤先生、大勢の先生方。

みんなが寝る間を惜しんで、手芸部の文化祭のために協力してくれた。みんなで頑張れば、無理だと思ったことでも、可能にできることを教えてくれた。

そして、三河先生――。


健太郎の脳裏に、三河の人の好い優しい笑顔が浮かぶ。

三河先生は、最期まで優しく思いやりを持って生きることを教えてくれた。自分の命と引き換えに、健太郎や生徒たちに生きることの大切さを教えてくれた。

人にはいつか終わりが来る。でも、最期のその瞬間まで、人と人とのつながりを大切にして、精いっぱい生きていかなければいけないのだ。

この瞬間を胸に刻もう。今日のこの日は、きっとこれから生きていくうえでの大切な礎となるだろう。ずっとずっと、いつか人生が終わるときまで、この気持ちは持ち続けていようと思った——。

終章　ストレートステッチ　＊　自由にはばたけ　＊

それから月日は忙しく過ぎていった。木枯らしが舞い、刺すような北風に身を縮めていたかと思うと、いつの間にかやわらかい春風に変わり、桜の蕾がちらほらと見られる季節になっていた。

そして今日は、生徒たちの門出にふさわしい天気になった。抜けるような青空に、眩しい太陽が輝いている。

健太郎は手芸部の六人と、なだらかな丘にある墓地に来ていた。そこには三河の墓があった。

高台にある墓の前に立つと、遠くに江戸川が臨め、とても眺めがよかった。望遠鏡で一生懸命探せば、江戸川の向こうに水之江高校が見つけられそうだ。三河の実家が近いということもあるのだが、学校が大好きだった三河のために、夫の武志がこの場所を選んでくれたのかもしれない。

三河先生、今日、町田と長島が卒業します。

線香をあげた健太郎は、静かに手を合わせた。それから塔子を先頭に、手芸部の子たちで順番に手を合わせていく。

「卒業式のあと、三河先生のところに行きませんか？」

先日、塔子とチカが言い出して、みんなで電車とバスを乗り継いで、ここまでやってきていた。

文化祭が終わったあと、しばらく塞《ふさ》ぎこんでいた手芸部の子たちだったが、塔子とチカが引退し、聡子が新部長となり、来年の文化祭に向けて活動を始めると、また毎日に慌ただしく動き出した。そんな中で、みんなは少しずつ元気を取り戻していった。その間、塔子は短大の英文科に推薦が決まり、チカは服飾の専門学校に進学が決まった。よって引退したものの、受験勉強をしなくていい二人は、ちょくちょく手芸部に顔を出していた。

今日は、オリジナルのメンバー六人で墓参りに来ていたが、手芸部はファッションショーを成功させたことで一躍話題となり、入部希望者がちらほらと来るようになっていた。部長の聡子は新入部員の面倒を見るのに忙しくなったが、それでも部員が増えることは部に活気が出て、とても喜ばしいことである。

「塔子の大学はどこにあるんだ？」

「目白のほう」

「そうか、あたしは新宿だから会えるな」

「そうだね」

チカにそう言われて塔子は嬉しそうに笑う。二人の友情はこのあとも続いてほしいと健太郎は心ひそかに願う。

この半年で、塔子とチカは一段と大人になった気がした。三河の死を経験したり、自分の将来について真剣に考える機会があり、いろいろと思うところがあったのかもしれない。去年の七月に初めて会ったときは、つまらないケンカや無視をしたりして、幼い印象があったのだが、二人とも見違えるほど大人びて、とても落ち着いていた。

そんな二人の旅立ちは、教師の健太郎にとって、大変喜ばしいことだ。

しかしもうこれからは、手芸部に顔を出さなくなると思うと、寂しいところもある。まだ子供を持つどころか、結婚もしていないのに、すっかり巣立っていく子供を見送る父親の気持ちなのである。三年生のクラスを担当するときは、どうなってしまうのかと自分でも心配になる。

「ボスゴリ、どうした？　なんか悩みでもあるのか？」

健太郎が表情を曇らせると、勘のいいチカがすぐに聞いてくる。

「いや、まあな……」

「塔子さんとチカさんがいなくなって寂しいんでしょ～」

まりながつんつんと指でつつく。

「まあそれもあるが……」

実は健太郎にはもう一つ、悩みがあった。

「なぁに？　もうお腹空いたの？」

「いやそうじゃなくて……」

聡子が呑気に聞くので、健太郎はついに告白した。

「あのな、先生、手芸部の顧問を続けていいか？」

みんなはキョトンと健太郎を見る。

実は数日前、教頭先生から、来年度の手芸部の顧問を家庭科の先生に替えたいとの相談があった。三河からの頼みで急遽、手芸部の顧問を引き受けた健太郎だったが、やはり女子だらけの部だから、女性教員のほうがやりやすいだろうというのだ。しかもその家庭科の先生は四十代のベテラン教員で、健太郎よりもはるかに頼りになった。そして、体育教師である健太郎には、運動系の部活を担当させたいというのだ。

教頭の言うことはいちいち納得のいくものだったが、それでも健太郎は、「手芸部の子たちと相談してもいいでしょうか」と返事を保留にしてもらった。やはり三河から託されたという責任があるし、手芸部の子たちはどう思うのかという懸念があった。

「やめたいならやめちまえよ」

話を聞いたチカがぶっきらぼうに言う。

「そうです。簡単にやめられるようなら、どうぞやめてください」

塔子もメガネの奥から、冷たい視線を送った。

「そうだよボスゴリ、やめれば？」

「やめちゃいな」

「そうです」

「うう……」

誰か止めてくれるかと思いきや、みんなで「やめろ」コールとは。

「やめたいんだろ、やめちまえっ」

チカに再び言われ、

「やめないっ！」

思わず健太郎は叫んだ。

そうだ。やめるもんか。

たしかに体育会系の健太郎が、手芸部顧問というのは奇異なことだ。

手芸の腕は、相変わらず下手くそだし、刺繍をしたのはあれっきりで、フェルト細工や編み物にも挑戦してみたが、何一つ上手くできなかった。手芸部の子たちには、ずっと馬鹿にされっぱなしだ。

それでも健太郎は手芸部の顧問をやめたくなかった。手芸部の子たちはいい子ばかりだし、手芸も好きだし、健太郎はまだまだこの部の顧問を続けたかった。もっともっと頑張りたかった。ファッションショーは来年度の文化祭でもやる予定なので、そっちの準備も今度こそきちんとしてあげたい。

そして何よりも、自分は三河の想いを、その魂を受け継いだのだから。三河が作りあげた楽しく自由な雰囲気を、自分がずっと守り続けなければいけないのだ。

「俺は、生涯、手芸部の顧問だ――っ!!」

健太郎が絶叫すると、みんなの表情がふっと緩む。

「そうですよ、先生はやめたくないんでしょ?」

「私たちだって同じだよーん」

塔子が微笑むと、聡子がニヤリと笑い、ポン、と手のひらで健太郎の腕を叩く。

「えっ」

「ボスゴリは、手芸部が合ってんだよ!」

チカが両手を腰に当てながらキッパリ言うと、

「そうです。先生がいないとつまんないです」と、その横の芽衣も笑って頷いた。

「あの家庭科の先生、マジメすぎてつまらないっす」

「ね~、ボスゴリみたいないじられキャラじゃないと」

理子とまりながいたずらっぽく笑い、顔を見合わせる。

「……お前たち」

俺を何だと思っているのだ。まったく、教師をおちょくるとは……。

それでも嬉しかった。みんな自分と同じ気持ちでいてくれたのだ。ちゃんと、自分を必要としてくれていたのだ。

俺は手芸部顧問を続けるぞ！

健太郎は決意を新たに胸に秘めた。

学校に戻ったら、すぐに教頭先生に頼まねば。


「ねー先生、紗英さんに告った？」

帰り道、みんなで緩やかな坂を下りていると、聡子が健太郎の顔を覗き込んできた。

「えー向こうは興味ないんじゃないっすか？」

頭の後ろで手を組みながら理子が振り返る。

「だよなぁ、文化祭準備のときだって全然、ボスゴリのこと意識してなかったもんなー」とチカが言うと、「そうそう」と塔子も頷く。

「えーまりなは逆だと思う。あんな夜遅く手伝いに来てくれるなんて、絶対、好きじゃないとできないよ～」

「私もそう思います！」

まりなが唇を突き出し、チッチッと指を振ると、芽衣も両手のこぶしを握って力強く言った。

「えー好きじゃないよ」

「好きだよ～」

健太郎は後ろで歩きながら、やれやれと六人の討論を聞き流していた。

半年前の文化祭前夜、紗英が健太郎のために学校に駆けつけてくれてから、手芸部の六人は、「紗英さんは大山先生に気がある」「いや、好きじゃない」の二つに意見が分かれたままだ。ことあるごとに部活ではこのことが議論になる。

「本当のとこはどうなのさ～」

「結局、告ったの？」

「実は今、つき合ってるとか？」

女の子たちは好奇心旺盛な顔を、健太郎に近づける。

「そんなのどうでもいいだろっ！」

健太郎はあくまでも、無関心なふりをして、はぐらかした。さすがに教員になって一年が経つと、冷静を装うことができるようになっていた。きっと今も、そんなに顔は赤くなっていないはずだ。

それでも紗英の話題が出ると、いつも内心ドキドキしてしまう。

健太郎は緩みそうになる口元を必死に引き締めた。

実はあの文化祭以降、健太郎と紗英は急接近していた。

健太郎が文化祭のお礼を兼ねて食事に誘い、それからなんだかんだと理由をつけては紗英と頻繁に会っている。まあ、はっきりと告白したわけではないので、つき合っているとは言いきれないのだが。それでも紗英はいつも笑顔で楽しそうに会ってくれるし、たまに自分のほうからも遊びに行こうと誘ってくれる。

気がつくと、手芸部の六人が健太郎の顔をまじまじと観察していた。

「この落ち着き、やっぱつき合ってるんじゃね？」

「違う違う、フラれてすっきりしたんだよ」

「えー」

「先生ー教えてよー！」

「今日こそはっきりさせてくださいっ」

「うるさ——いっ！」

どうやら恋バナは、女の子たちにとって永遠の最重要関心事らしい。

ホイッスルのようなのびやかな鳴き声に顔を上げると、翼を広げたヒバリが空高く舞い上がっていた。まるで塔子とチカの門出を祝っているかのようだ。

江戸川からの湿気を含んだ優しい風が頬をなで、その心地よさに胸が躍る。

健太郎は前を歩いている六人の女の子たちを眺めた。

初めて会ったときは彼女たちの反応にいちいち戸惑い、理解不能の連続だった。女心がわからないなんて、毎日頭を抱えていた。

でも――。

一番前を歩く聡子が冗談を言い、まりなが手を叩いて笑っている。二人の底抜けの明るさは、手芸部にいつも笑顔をもたらしてくれている。

クラスで孤立していた芽衣は、今では友達ができたようで、その友達を誘って被服室に来るようになっていた。

遅刻常習犯だった理子は、まじめに学校に来るようになったらしく、担任の先生が喜んでいた。

そして、一番後ろを歩いている塔子とチカ。

チカはみんなの冗談に笑って悪態をつきながらも、涙をぬぐうしぐさをしている。

塔子は母親のように、そんな五人を優しく微笑みながら見守っている。

二人は並んで歩き、時折、肩を寄せ合いながら、お互いの気持ちを共有し合っているようだ。

みんな、手芸を愛し、手芸に支えられ、成長していった。いい子たちばかりだ。

道の両側には、梅や桃の花が満開に咲き誇り、艶《あで》やかなピンクの花道を作ってくれている。その中を歩く六人の女生徒は、一枚の絵画のように美しかった。

三河先生――。

健太郎は心の中で、語りかけた。

女心がわからないなんて、悩んでいたけれど、男だ女だなんて関係なかったんですよね。生徒一人一人に、誠実な気持ちで向き合っていけば、わかり合えるんですよね。

手芸部の伝統を守りたい、ファッションショーを始めたいと、当初は反発し合ってばかりだったが、今、思い返すと、それは手芸部のために必要なことだったのだとわかる。伝統を守ることも、新しいことを始めることも、どちらも大切なことなのだ。それらが融合するとき、想いが強ければ強いほど、衝突は起こるものなのだ。でもそれを恐れる必要なんてない。組織はそうやって、引き継がれ、成長していくものなのだから。

今日、手芸部の伝統を大切にしてきた塔子と、手芸部に新しい風を吹き込んだチカが卒業する。でもどちらの想いも、きちんと受け継がれていくことだろう。

人は替わっても、その真摯な想いは、情熱は、ちゃんと引き継がれていくものだから。

そして自分も――。

健太郎は空を仰ぎ、誓った。

手芸部は俺がちゃんと守っていきます。三河先生、見ていてくださいっ！

「俺、頑張りますっ！」

健太郎が叫ぶと、六人が一斉に振り返った。

「声でけーよっ！」

みんなが呆れつつも、「アハハハ」と、口を開けて笑う。まるで三河の魂が乗り移ったかのように、眉毛をハの字に下げた人の好い笑顔だった。

本作は書き下ろしです。
本作品はフィクションです。実際の人物や団体、地域とは一切関係ありません。

引きこもりの毒舌大富豪
NOと言えない大学生
壱信さんと僕の謎解きペットショップ
ちぐはぐな二人が
動物の事件に挑む、
心癒されるミステリー！
新くら智か
Tomoka Niikura
書店員さん激賞!
続編決定!

祝❤ドラマ化！
見て下さいね
出演 伊藤歩 小池徹平 鈴木砂羽 大杉漣
7月2日(木) 夜11時59分より 日本テレビ系にて 放送スタート！
ドラマ原作本＆待望の最新刊！
惚れた男は全員犯人！ 笑えて泣ける婚活ミステリー！
婚《こん》活《かつ》刑事《デカ》
花田米子は散々
著 安道やすみち
TO文庫
毎月1日発売
イラスト：犬倉すみ

一曲処方します。
〜長閑春彦の謎解きカルテ〜
沢木 棲
Tuma Sawaki
大切な音楽《メロディ》が
あなたを救う
書店員さん絶賛!
早くも続編決定!
なぜ、その一曲が
聴こえてくるのか?
不思議な力を持つ心療内科医が
患者の心を解き明かす連作ミステリー!
TO文庫
毎月1日発売
イラスト：カズアキ

TO文庫
手紙の秘密を知った時
もう一度、読み返したくなる
二宮敦人
「！（ビックリマーク）」
×
鉄雄
「櫻子さんの足元には死体が埋まっている」
大人気お仕事ミステリー！
郵便配達人
花木《はなき》瞳子《とうこ》が仰ぎ見る

読むといいよー
情報系女子
またたびさんの事件ログ
日野イズム
Ms.MATATABI's
Case Log
ISM HINO
理《リ》系《ケ》女《ジ》子《ヨ》
天才的な研究者がキャンパスの謎を解く！
ミステリー
論理か
感情か!?
あなたのココロが
試される！
TO文庫
ISBN978-4-86472-333-6

TO文庫

手芸女

2015年8月1日　第1刷発行

著　者　野坂律子

発行者　東浦一人

発行所　TOブックス
〒150-0045 東京都渋谷区神泉町18-8
松濤ハイツ2F
電話03-6452-5678(編集)
0120-933-772(営業フリーダイヤル)
FAX03-6452-5680
ホームページ　http://www.tobooks.jp
メール　info@tobooks.jp

フォーマットデザイン　金澤浩二
本文データ製作　TOブックスデザイン室
印刷・製本　中央精版印刷株式会社

Printed in Japan　ISBN978-4-86472-408-1